人面魚

魚肉好呷嘸？

都市傳說 第二部 8

笭菁——著

都市傳說 第二部 8：人面魚

（※本故事內容純屬虛構，如有雷同，純屬巧合。）

楔子

男孩醒來時是半夜兩點，他困惑的環顧通鋪，意外的發現居然只有他一個人，四周完全沒有被褥，表示所有人都還沒回來。

查看手機完全沒有訊息，大家玩到這麼晚未免也太誇張！隨意套上毛衣，穿上外套後，便匆匆忙忙的趕出去。

這兒是「嵐潭戶外風景區」，路燈甚少，他還是打開手電筒才不致於被一堆石頭絆倒，憂心忡忡的趕著路，終於在接近湖邊時，聽見了嘻鬧的聲音，他才放下心。

「嘿！明軒！這邊！」女孩留意到他了，「手電筒關掉，太刺眼了。」

「我不開怎麼走路！」叫明軒的男孩瑟縮著走入湖邊的小亭子，「風很冷啊，你們怎麼還不回去睡？」

石桌上散落著酒瓶，這些人果然喝開了，明軒一一清點著人數，嗯，五？

「少一個誰？」他不解的拿著手電筒四處照著。

「李玫妮啦！」靠著柱子的宋妍雪悶悶的說。

「李……對，她去哪裡？洗手間嗎？怎麼會放她一個人走？」明軒很詫異，現在是三更半夜，這裡屬荒郊野外，每棟小木屋間都有距離的耶！

亭子裡的大家異常沉默，有幾個人回頭望著他，不知道是不是因爲眼球映照著手電筒的光線，顯得格外冰冷。

「不對啊，最近的洗手間是回我們小木屋吧！」明軒估算著距離，「但我剛剛出門時確定沒有人……」

「不知道……」另一個瘦弱的女孩小小聲的說著，「大家剛剛吵了一架。」

「吵……吵架？」明軒下意識尋找著黃背心夾克的男孩，「喂，阿柏，你們吵架喔？」

阿柏懶洋洋的瞥了他一眼，「我們分手了。」

「是大家跟她翻臉了。」平頭男孩驀地站起，直接走到明軒面前，「陳明軒，我們全體跟李玫妮絕交了！你呢？」

陳明軒完全跟不上現實，這些人是在說什麼鬼話啊？

「絕交？有什麼事需要鬧成這樣嗎？」陳明軒看著長髮女孩，「妍雪，妳們不是好朋友嗎？」

「不是了！」她忿忿的別過頭。

「對啊，大家都絕交了，我們不想跟那種人做朋友！」平頭男戴上了鴨舌

帽，「反正我們七人眾是勢必拆夥了，就看你怎麼說。」

「我什麼怎麼說……喂，我連發生什麼事都不知道！」明軒完全錯愕，「現在不是叫我選邊站的時候吧？」

只見亭子裡的同學們一道站起，大家均用凌厲的眼神瞅著他。

彷彿在說：對，你現在就是要選邊站！

「我才不要！你們跟她有什麼事是你們的事，跟我又沒關係！」明軒無法接受，「我們都幾歲了，不要搞這種幼稚園的家家酒好嗎！而且一時吵架而已，明天冷靜之後再談！」

「你不知道她什麼爲人！噁心死了！」另一個短髮妹氣急敗壞的嚷著，「反正你要是打算繼續跟李玫妮來往，我們就做不成朋友了！」

啊咧，明軒簡直莫名其妙。

「兄弟，一句話。」鄭鑫柏也在那邊一句話。

「友情是可以一句話的嗎？我從來就不是盲目者，我跟李玫妮沒有問題，我爲什麼要跟她斷交？就算她做什麼事，也不針對我啊。」陳明軒蹙著眉搖頭，「我覺得你們是喝多了，快點先回去睡覺，其他明天再說……啊，那李玫妮呢？是不是也該去找她？」

邊說，陳明軒拿起手機傳訊給女孩。

「我清醒得很，我跟她斷交是斷定了。」宋妍雪咬著牙，互絞的手撥弄著手指上的一枚戒指。

她突然頓了頓，舉起右手看著那枚戒指，這是對戒，她與李玫妮各一只，內圈刻著她們的英文名字，象徵著友誼長存。

「這種東西我也不要了！」宋妍雪說著，用力的把戒指拔下來，扭頭就往湖岸邊去。

這頭兒打電話發現沒人接的陳明軒焦急的追出去，還說沒喝多，這麼黑的地方又不打燈，等等不小心摔下去怎麼辦？

「妳慢一點！冷靜一點！」陳明軒拉住她的手，「這不是妳們象徵友誼的戒指嗎！這丟下去就找不回來了，不要做酒醒後會後悔的事！」

「我就是要丟！」宋妍雪高分貝的大吼著，「除非湖水把戒指還給我，否則我們不可能和好！斷交一輩子！」

宋妍雪使勁甩開男孩的手，用力的把手裡的戒指拋扔出去。

咚。

小小的戒指，最多也只能激起迷你水花，如同她以爲她們堅貞的友情般不起眼。

陳明軒上前攙扶，她果然走得歪斜，回身朝亭子走去時，起身的鄭鑫柏眞的

看著手上的錶。

「那錶再怎樣也幾千塊，犯不著跟自己過不去吧。」陳明軒出了聲，沒必要扔東西吧？

「齁，說得也是！」鄭鑫柏打了個嗝，「累了！回去了！」

「回家囉！」

一群人東倒西歪、語焉不詳的朝著小木屋的反方向走去，陳明軒只覺得頭疼，連忙衝到前頭去攔著他們。

「錯邊啦！右邊右邊，你們連路都走不好跟我說沒醉！」一個個往右邊推，「跟我來，比較清醒的麻煩互相照顧一下。」

陳明軒一邊焦急的看顧同學，他一邊打電話給與大家吵架的李玫妮。

到底發生什麼事，怎麼會大吵成這樣？一口氣跟所有人斷交，又是怎樣嚴重的事情？李玫妮平常是很明快的人，但跟所有人感情都很好啊，甚至說是這個團體的中心……這讓陳明軒不解。

手機那頭傳來進入語音訊息，只怕又是鬧彆扭，所以也關機了！唉，他只好抽空傳訊息，請她抱個平安並快回到小木屋。

就怕她也喝醉，陳明軒特地還寫上小木屋編號，至少有人撿到她可以送回來。

「到了到了。」他趕忙拿鑰匙打開門，推著一個個醉鬼進去。

在小木屋門口往外看了最後一眼，手電筒最後一次照耀四周，希望可以瞧見或蹣跚或氣忿返回的同學。

唉，酒精眞是害人不淺。

明天醒來宋妍雪要是看見手上戒指不見，鐵定在那邊哇哇啦亂叫了啦！

第一章

魚肉好呷嘸？

小巴停妥在保護區的專用停車場上，車上的人陸續下車，車子一邊可縱看溪谷，另一邊是青山蓊鬱，美麗且壯觀，許多人立即拿起手機拍個不停。

男人有點意興闌珊，人還沒清醒咧，一大早起來搭車到這山裡來，九彎十八拐後只是增加他的睡意，但暈車又讓他睡不穩當，好不容易盼著抵達目的地。

要不是想來一嘗這裡的夢幻魚種，他哪會來參加這什麼生態之旅！每天在廚房工作就已經累得要死了，遇到特休還不抓緊時間休息是傻了嗎？

可之前有個客人說，這個保護區有種魚特別好吃，還不容易抓，客人是參加生態旅遊時，由保護區裡的原住民在溪邊垂釣而得，幸運的就能吃到上等好魚，不幸的也會有其他美味魚種，但就不是那尾夢幻魚。

他可是燒香拜佛了，就希望能一嘗夢幻魚的滋味、肉質、口感還有烹調方式，回去還可以跟同事們炫耀一番，順便有機會能尋找口感類似的魚，成爲餐廳的新菜餚。

「各位，請這邊集合囉！」領隊高喊著，「我們點一下人數啊！」

領隊拿起板子，一一唱名，一台小巴不過十幾個人也要這麼煞費其事，男人忍不住翻著白眼，顯現出毫不遮掩的不耐煩。

「吳進昌。」領隊喚著，不過已經知道他是誰了，「好！都到了！來，跟各位介紹一下，這是我們今天的嚮導，烏拉先生！」

始終站在後方的男人戴著牛仔帽，趨前朝大家微笑，領隊暗示棒子交接後，便由嚮導帶領今天的眾人。

「大家好，叫我烏拉就可以了，今天的生態旅遊就由我帶大家，認識這片保護區與原始林。」烏拉聲音有點沙啞，聽起來很像卡了許多痰，臉上坑坑巴巴活像月球表面，但看上去應該算年輕，「既然是野外，請大家務必聽從我的指揮，看一下你隔壁的人，現在互相認識，等等行進間務必注意不要遺留任何一個，森林裡很舒服、芬多精令人心曠神怡，但相信我，只要迷路那就一點都不有趣了。」

所有人趕緊左顧右盼，至少知道有哪些人，一時之間也記不了這麼多張臉，記得衣著或背包比較實際。

「沿路會跟大家介紹這片原始林的生態，還有許多動植物，請大家絕對不要脫隊，如果看到什麼令你不安的事物不要尖叫，穩穩的閃開，趕緊跟我通報就好。」烏拉再度強調，「過於激烈的聲響，有時候反而會激怒對方，千萬要留心，所以……手機是不是先靜音呢？」

喔喔，這倒提醒了大家，每個人都把聲音調成靜音，生怕眞的引來什麼。

「抱歉，裡面眞的會有野獸什麼的嗎？」有人不安的舉手，「我看簡介上說很安全的，就是個步道……」

「是，我們都常走，來了幾撥人也都沒事，不過呢，我們做的是預防工作啊。」烏拉和藹可親的笑著，「總是不怕一萬、只怕萬一嘛！」

「就聽他的，這裡他地盤啊！」吳進昌在旁邊補充，「總比出事了好對吧？」

烏拉看向吳進昌，微笑劃得更滿，「對，這位先生說得對，防患未然才是最重要的！好，我們現在就出發，中午會到溪邊，來吃一頓我們當地人的野外午餐。」

喔耶！吳進昌暗暗握拳，爲了夢幻魚種，他可以等！

隊伍立刻出發，烏拉爲人非常溫和，有問必答，介紹得也很詳細，一路上的動植物以及生態，都解說得鉅細靡遺，尤其哪些植物可以吃，哪些蕈菇類可食用哪些有毒性，這些都讓身爲廚師的吳進昌大開眼界，腦子裡都已經在盤算著新菜式了。

不過這果然是原始林，路面盤根錯節並不好走，加上有坡度有階梯，偶爾蹲下觀察動物、偶爾抬首，走沒一個小時大家全體喊累，急著想休息，而不愧是嚮導，算準大家差不多累了，早就備好了休息點。

「那個，」吳進昌按捺不住，「我們中午有機會吃到所謂的夢幻魚嗎？」

正在跟領隊討論的烏拉愣了一下，「你知道這件事啊？」

「知道，有客人來過，說吃下去驚爲天人。」吳進昌雙眼發光，完全不掩飾

他的目的就是爲了魚，「還一直說那種魚可遇不可求！」

「既然都說可遇不可求了，你不要抱太大希望啊！」領隊趕緊消毒，「你知道我帶這麼多趟，總共只有幾批人吃到……烏拉？」

「兩隊。」烏拉果然知之甚詳，「兩尾還都我釣的！」

「喔喔喔！」吳進昌興奮得開始猛嚥口水，「那我要認眞祈禱，希望今天眞能吃到！」

「眞的不要期望太高，你聽人說牠夢幻了，但是我另一批吃到的旅客卻覺得沒什麼，口感這種事很主觀！」烏拉拍拍他的肩，「期望越高失落越大，你還是平常心吧！」

嗄？這怎麼平常心啊？吳進昌根本聽不進去，他從聽客人轉述開始，心就繫著這條魚，開始上網找這個生態旅遊行程、報名、排隊，好不容易排好假，昨晚便興奮得輾轉難眠，終於才等到今天的啊！

他以前就一直這樣，很容易興奮期待，缺點就是過於衝動激進，但他喜歡稱之爲「積極」，反正什麼事都有一體兩面的，當然要看好的那一面啊！就像他一心一意想吃到那魚的口感，魂牽夢縈，除了爲一飽口福外，就是希望能開發出新的菜色。

十五分鐘後，隊伍繼續前行，路越來越艱難，但因爲有目標在支撐，吳進昌絲毫不覺得疲累，步伐輕盈，還能直接跟在烏拉的身後。

千盼萬盼，總算盼到了午餐時間。

「天哪……」同隊的人在出樹林時不禁傻眼，「在這裡用午餐？」

這裡，指的就是茅草搭成的棚子，簡單六支竹竿、上覆茅草的簡易棚子，裡頭可席地而坐，也有備板凳，不過看不到桌子。

吳進昌率先跟上，看見的對岸是陡峭的天險，他們這兒緊鄰溪谷，可踩著大石頭一路往下到溪邊，溪石袒露，有大有小，而其中一張極大塊的石塊，上頭擺放了餐具。

附近有幾個原民正散落著，人人都拿根釣竿，輕鬆自若的等魚上鉤。

「如果可以的話，我們希望大家就隨意坐在石頭上用餐，這邊超多石頭，隨便你挑位子。」烏拉看著大家目瞪口呆的臉，忍不住輕笑，每一團都是這樣，「現在是退潮，溪水不會暴漲，大部分菜色等等會送上來，就擱在那大石頭上，那便是我們的餐桌。」

「不過山上天氣不是不穩定嗎！如果上面下雨，說不定山下的溪水會暴漲？」有人提出了疑慮，網路上可是有五秒奪命的影片啊。

「請放心，我們這邊很多當地人會看，何況這幾天天氣超好的，如果真的下雨，山上也有人會打給我們。」烏拉說得穩重婉轉，「再者大家可以留意，我們

讓大家用餐的石塊區，其實很靠近岸邊，距溪水有好一段距離跟落差。」

說得也是，吳進昌觀望過，充當餐桌的大石頭距離溪水還得下探一兩公尺，而且若論危險，這些在垂釣的原民更危險吧！

「我覺得還好吧。」他指向擔心的人，「我跟你說，你怕的話就坐裡面一點，不然就去坐棚子啊！」再指向棚子，「不是都可以坐！」

他回頭問著烏拉，烏拉點點頭，「是的，都可以坐，只是用餐得到這裡取餐。」

「好啦！拿個菜來得及你跑啦！」吳進昌話語中嘲笑意味明顯，激得人臉色陣青陣白，不爽的握拳準備上前吵架。

「小姐怕曬的也進去棚子坐沒關係的，中午太陽很大，沒做好防曬會曬傷的！」烏拉趕緊出面緩頰，「等等上菜時再請大家來……喔！來了！」

餘音未落，棚子旁的大鍋炒第一份上菜，原民端著兩大盤菜放在石頭上，吳進昌動作迅速的立即上前，先餵相機吃飯，接著拿過餐具便大快朵頤。

其他客人也趕緊上前盛菜，有好幾組人馬決定到棚子裡，也算是解決了尷尬，不會讓那位先生覺得自己剛剛好像被嘲笑；領隊覺得這沒什麼，有人會擔憂是自然的，大家個性不同，不過這位吳先生嗆了點，也不怎麼顧別人的面子啊，幸好烏拉夠婉轉。

「那這邊麻煩你招呼，我再去試試手氣。」烏拉卸下背包裝備，朝下走去。

去吧去吧！吳進昌雀躍不已，拜託一定要讓他吃到夢幻魚啊！

「這條嵐溪是廣大保護區裡最大的河流，魚種豐富，水質也相當清澈乾淨，毫無汙染，主要是因爲高山沒有任何工廠，作物也不噴灑農藥，隔壁山的嵐潭水質也是同源……」領隊在旁邊順便解釋這條清澈的溪水。

一邊品嚐美味佳餚，的確有許多味道很新奇，還有沒見過的野菜，吳進昌後來索性跑到廚房去……所謂廚房，也只不過是幾個爐子上架鐵鍋，非常簡陋的設備，卻還是能炒出鍋氣十足的菜色。

他跑去跟廚師們閒聊，好奇的到處問，順便觀察他們熟練的做菜方式，興致勃勃的與廚師們討論起做法，不過這些人都非專業廚師，只是當地燒得一手好菜的人，可此類日常經驗更爲珍貴，吳進昌根本捨不得離開。

下方的烏拉朝上頭廚房瞥了眼，他的角度也只看得見一口爐子，另一邊能看見部分願意坐在石頭上用餐的旅客，棚子裡的倒是照料不到，事先已提醒領隊留意大家的狀況，口味上有沒有不適的。

才甩竿出去沒有五分鐘，釣竿晃動，烏拉趕緊回神。

「不會吧？也太快了！」原民咯咯笑著，「我看這裡的魚很愛你耶，烏拉！」

「是嗎？我也這麼覺得！我每次都滿載而歸耶……噢！這條大！」烏拉扯住

釣竿，努力的收竿，「幫把手！」

旁邊的原民立刻放下自個兒的竿子，衝過來協助烏拉，他們都看得出來今天這尾魚可不小——唰！與求生的氣力對抗後，人類最終獲勝，拉起一大尾魚，在被太陽燒炙的石頭上跳著。

「釣到了釣到了！」領隊大喊著，「烏拉又釣到了！也太快！」

咦？吳進昌興奮的往下望，「釣到什麼了？」

烏拉上前看著不停跳著的魚，原民蹲下身子，笑得無力，邊豎起大姆指，「眞有你的！」

「不會吧，第三次了！」另一位大哥也上前，「天哪！怎麼就不能讓我釣到一次！」

烏拉朝上看向站起的吳進昌，對他露出一抹笑。

對，他釣到夢幻魚了。

客人說，夢幻魚肉質不只鮮嫩，還帶著Q勁，肉質清甜就算了，最重要的是這尾魚有其獨特的味道，咬下去齒頰留香，不僅僅是調味的關係，而是魚肉本身的滋味。

不過牠會被稱爲夢幻魚，還有個特色，那就是在陽光照射下，隨著光線的不同，牠全身會散發的藍、綠、紫三次的光芒，故稱之。

「新鮮釣起來的魚，今天是我們嚮導釣的喔！恭喜大家，可遇不可求的夢幻魚！」領隊高喊著，「這裡傳說夢幻魚具有靈性，是山神的分身或使者，牠們只願給有緣人食用！」

「哇，好幸運喔！」遊客忍不住拍手。

「現在就交由我們廚師去料理了，用原民的方式！」魚擱在盤子上，廚師領了便回到鍋邊，吳進昌見狀即刻要跟上——不過領隊趕緊拉住他，不讓他接近。

「喂！你攔我做什麼？」吳進昌莫名其妙，焦急得很呢！

「別去打擾他們工作，他們說會影響，而且又怕油濺到你或燒到你。」領隊和婉的勸說，「吳先生就好好選個位子坐下吧。」

「不是，我就是要去看看他們怎麼煮這魚啊！」吳進昌可急了，多怕錯過一秒都惋惜。

烏拉嘆著氣的上前，「身爲廚師，你介意客人進你廚房嗎？」

咦？吳進昌愣了住。

「或者，同行進你廚房？」

開什麼玩笑！旁人誰敢踏入廚房聖地，他一定是翻臉的，更別說是同……

行……

他難為情的回頭，望著烏拉，「你怎麼知道我是廚師？」

「對食物的熱情，太明顯。」烏拉輕哂，「你去問團員，一定一堆人都猜得中。」

領隊點頭如搗蒜，一路上見什麼植物就問怎麼炒最好吃、可食用的菇類就說配什麼最美味，能吃的他全要試吃，完全朝菜式的方向走。

烏拉提到了忌諱，吳進昌只好放棄，他當然是禁止閒雜人等進入廚房，但是當他想學時……不甘願的遠眺著廚師在鍋裡炒，他啊，眞想說管他去死。

不過太多人在看了，他也會不好意思，只好默默坐下，順便專心吃飯，剛都在廚房沒添多少飯菜呢。

嘴裡吃著，耳邊卻聽著大鍋炒的聲音，他們魚用炒的啊……這麼新鮮的魚，不知道會用什麼方式烹調？可別失了原味啊……才想著，驀地聽見盛盤聲，緊握著筷子的他不由得喜出望外的回頭！

「上菜上菜！」領隊高呼著，「煮起來就沒那麼美啦！但牠就是夢幻魚！」

的確，煮好的魚已不見那多色閃耀，去鱗之後剩下呈現的卻是黑色的魚體，靜靜的平躺在盤子裡，看上去非常樸實，上頭滿佈許多顏色蔬菜，醬色薄芡，吳進昌忙不迭的拿出手機拍照，還順便直播。

「等我一下！拜託！」他向眾人請託，「哈囉，大家，還眞讓我遇到夢幻魚了！」

旅客們笑著，入鏡的也揮手打招呼，剛聽他跟領隊交談，知道他是廚師，能有這種狂熱也不意外，所以大家都讓著他，晚點吃而已沒差。

「就是這道！我太幸運了，接下來我們就要開吃了！」他興奮的盡可能對著魚，讓自己與魚一起入鏡。

「哎唷，吳先生，我幫你拍啦！」團員好心的朝他伸手，「就讓你第一筷，瞧你期待的！」

「眞的嗎？太感謝了！」吳進昌把手機交給團員，「你們不知道我參加這個團，就是想試試看能不能吃到夢幻魚啊！」

磨拳擦掌，不知道的以爲他要去做什麼艱難挑戰，搞半天就是吃條魚。

領隊當然吃過了，說實在的，第一口新奇，第二口美味，第三次就沒什麼新鮮感了，就……就魚啊！

「各位觀眾！」吳進昌深吸一口氣，「夢幻魚！」

夾起一口魚肉入口，唉呀，居然眞的有股香氣……吳進昌細細咀嚼著，肉質鮮甜得不得了，而且還是嫩中帶Q彈，眞的太太太特別了！

團員們忍著笑，瞧著吳進昌已經進入忘我狀態，協助拍攝的團員還幫他特

寫，瞧他都闔上雙眼，一臉陶醉的模樣……

『**魚肉好呷嘸？**』

清楚的女人聲音驀地傳來，所有人跟著一愣。

「好呷！好呷！」吳進昌連連稱讚，這才睜眼，「眞的超好吃的！」

他豎起大姆指往自個兒右手邊看，聲音的方向。

『**魚肉好呷嘸？**』對方又問了一次。

拍攝者不免跟著也往旁邊看，「等等吃看看就知道了啊！」

所謂的「旁邊」，兩對夫妻面面相覷，笑得尷尬，「我們沒說話啊。」

嗯？吳進昌嚼著嚼著，趕緊看向大家，「來來，大家一起享用，謝謝你幫我拍！」

「哪裡！」團員把手機遞還給吳進昌的瞬間，那聲音再問了。

『**魚肉好呷嘸？**』

吳進昌正面對著所有團員，就說了才十幾個，全部站在他對面瞧著他，剛剛因爲直播，大家都避開被拍到，所以全數在他面前。

問題是，聲音是從他後方……不，下方傳來的。

才接過手機的他，緩緩往後方下面看，基本上除了大石塊與其上的朵餚之外，連領隊與烏拉都還在團員的後方。

『魚肉好呷嘸？』

這聲音是結實高亢的，吳進昌不免視線下移，來源就是在這張桌子上，確切無誤！

他不解又狐疑的上前一步，就來到了石桌邊，躺在盤子裡的那條魚已經被他夾起一塊肉，肉鮮質白，但是……吳進昌皺起眉，爲什麼他覺得魚身彷彿在起伏？

抓過旁邊公筷，他小心翼翼的撥開上面的青菜醬羹，露出了夢幻魚的全身——一張立體的臉就在魚身上，猙獰忿怒的扭動著：**『我問：魚肉好呷嘸？』**

「哇——」

一夕之間，人面魚的新聞襲捲了各大電視台，吳進昌的直播影片也傳遍了所有網站，每個人都在轉發，看得目瞪口呆。

那聲音清清楚楚，還有附上那張扭曲臉龐的照片，但是卻沒有錄到魚說話的聲音，因爲錄半天魚都沒有說話，接著被趕來的嚮導們打斷，畫面就此中斷。

「我要煎魚。」汪聿芃指著自助餐的煎魚，「老闆娘幫我挑大隻一點的拜託！」

「好！」老闆娘眞的爲她挑了條比較大條的擱進便當裡，「黑胡椒要多對不

對？」

「對！」汪聿芃開心的掏錢結帳。

接過便當盒，放進自己的環保袋裡，回頭要找同伴，卻見男孩站在一角，目瞪口呆的看著電視。

「走囉走囉！」她輕快的跑到他面前。

童胤恒看著新聞，雙眼瞠得圓大，一臉不可思議的模樣，汪聿芃不解的跟著回頭，新聞正在報導人面魚新聞。

「是要看幾次？」她推著童胤恒往外走，「今天已經看爛了。」

「不一樣的角度再看一次……」童胤恒話沒說完，就被汪聿芃推著出去，「喂，人面魚耶！妳有想過嗎？魚會說話？」

「當然有想過，所以有點打擊。」她重重嘆了口氣，面露憂思，「我以爲好歹要是條美人魚。」

童胤恒默默的望著她認眞的側臉，最糟糕的就是她沒在開玩笑。

「如果眞的釣到美人魚，他們還這樣做成菜，那就是刑案了。」童胤恒陪著她冷靜分析，「所以我們在討論的是一條、平常的魚，但牠會說話，都市傳說裡的人面魚。」

「我知道都市傳說啊，但、是——我現在蔡志友上身喔！」汪聿芃清了清喉嚨，「從頭到尾都沒有錄到魚說話的樣子，這造假的可能性太高了。」

哦……童胤恒看她裝模作樣，蔡志友是科學派的，以前還曾是科學驗證社的社長，總是在他們社團提出反證，讓大家留意陷阱，的確有可能這樣說。

「我謝謝妳，我都還沒死上妳的身？」後方出現人高馬大的影子，路燈恰好在後方，形成一道超長人影。

汪聿芃回首，哈哈大笑起來，「哈哈，你還沒死，對耶你還沒死！哈哈哈哈哈哈！」

眼看著她笑到都快岔氣了，兩個男孩完完全全不知道該做什麼反應，就只是陪著她走，反正汪聿芃不屬於地球人，她的思考邏輯都與常人不同，連笑點也是。

「社長開緊急會議，我看社團裡應該興奮到瘋了吧！」蔡志友開始跟童胤恒逕自聊起來，「下午社團的臉書湧入一大堆留言，都在問我們有沒有看見人面魚的影片！」

「現在一提到都市傳說就想到我們，靈異有關的也想到我們。」童胤恒微笑著，「我們都市傳說社都快變成解疑社了。」

「這樣不錯，現在的發展沒有像夏天學長那時那麼旺，但也沒有後來那麼慘，處在一個平衡地帶。」蔡志友倒是樂見其成，「我覺得要多虧康晉翊的龜

毛、還有那些黑粉的攻擊，讓社團不至於擴張太快。」

「是不願意。」笑到一半的汪聿芃突然正經八百的回應。

「對啦對啦，康晉翊跟簡子芸都不願意，畢竟他們都是歷經過社團盛衰的人啊。」

都市傳說社，一個大學普通的社團，在多年前曾經紅極一時，陸續遇上了詭異的都市傳說們，與奇異的事件連結關係，又曾找到屍體及協助破獲無名懸案，當年提起A大的「都市傳說社」幾乎是無人不知、無人不曉。

但隨著創社社長的失蹤、加上初代成員逐一畢業，爾後也沒再發生特別事件，這個社團漸漸鮮爲人知，曾經因好奇或一時風潮加入的社員自然留不久，剩下的便是眞心喜愛都市傳說的份子，但充其量最後也演變成一種同好社，幾年後就已經沒人記得這個社團了。

如同當年失蹤的社長一樣，連「都市傳說社」過去發生的事情，都成了另一種都市傳說。

直至這屆，因爲缺席沒參加大會、反被陷害成爲新任社長的康晉翊，帶著所剩無幾的社員從大樓搬到了舊式的鐵皮屋區；創校之初那個年代社團並不多，全都擠在這小小的鐵皮屋，爾後有了社辦大樓自然不需要它，而學校改掉空間，變成只有四個房間，騰出大片空地，好讓熱舞社這種需要場地練習的社團進駐。

地處偏遠，乏人問津，但偏偏這一屆卻開始遇上了都市傳說。

都市傳說再度出現，社團日漸活躍，曾有科學驗證社找麻煩……是，當時蔡志友就是社長，但也因此親眼見證了都市傳說的存在，立馬改投入都市傳說社；爾後接連發生多起事件，開始出現黑粉攻擊，讓原本已經開設二社三社的社長康晉翊非常後悔，因為沒料到裡面潛藏著黑粉。

某方面來說，黑粉是個比鐵粉很還鐵的類型，無論如何跟隨到底，隨時找機會攻擊與反對。

最後，有幾個鐵齒的黑粉親身實驗「你是誰」的都市傳說，目前依舊下落不明。

且這票激烈的黑粉們最後燒掉了他們的鐵皮屋，所幸無人傷亡，而社團最終搬到學校更更偏遠的石板大道末端，那兒是已經沒有教授開課的空教室地帶，他們甚至落腳在倉庫。

不過，這樣的寧靜反而讓大家喜歡，沒有人經過的地方，格外幽靜，大家想討論都市傳說、想鬧多晚都可以盡情暢意，也不必擔心受到側目，然後……是，也更符合宅宅的他們。

還沒踏入社辦，就聽見了電視聲。

門口一塊木頭牌子上雕刻著「都市傳說社」五個大字，這塊木頭是「第十

三個書架」的都市傳說裡拿回來的殘骸。

一進門就有個特別的「衣帽架」，那是個如服飾店裡的假人模特兒，一半是肌膚的六塊肌模樣、另一半卻是像解剖教學的肌肉束圖，自額頭開始一路到腰部，一半正常、一半肌肉束，相當詭異。

聽說這是「試衣間」都市傳說的某位受害學長，創社外加失蹤的夏天學長把這位學長帶出來前，早就已經被剝掉半邊的人皮，千鈞一髮逃出服飾店後，活生生的學長卻變成了假人模特兒。

不知道學長是否具有意識，但這也是鎮社之寶之一，必須好生對待。

他們的社辦就是以前的教室，有一整間那麼寬敞，所有東西都是用課桌椅拼起來的！數張桌子組成的電視架、還有數張桌子組成的大中小茶几，椅子圍繞著茶几，面對著電視；書架與置物架是從別的地方搬來的，有幾個還是用廢棄紙箱製成，副社長簡子芸一雙巧手，貼上包裝紙後倒有幾分像。

社長與副社長的座位依然在教室內側，反正學校最不缺的就是課桌椅，這種組合還可以自由變化，多好！

電視果然播放著人面魚的新聞，萬能的記者已經追到了該片水源保護地，由於入山有人數限制，這幾個月全數額滿，所以禁止記者進入採訪，現在記者應該抱著頭在燒，每個人都想進去一睹人面魚的產地。

『不是假的！我們後來一對著魚錄影，牠好像知道一樣，就不再說話了。』吳進昌大方的接受採訪，『不過在場所有旅客全部都有聽見，我沒有扯謊！十幾個人眾目睽睽，我一騙人不就穿幫？』

他下頭標語寫著：目擊拍攝，吳進昌。

『我原本是想來嘗嘗味道，身爲廚師，想知道夢幻魚的滋味是理所當然的。』副社簡子芸一頭長髮，溫柔恬靜，正在記錄著資訊，廚師，也有名字，那應該很好找。

『牠說話時我一開始以爲是團員，大家都這麼認爲……誰想得到居然是人面魚！』吳進昌緊張的嚷嚷起來，『我那時親眼看到是魚肚上下起伏，就像那條魚在呼吸！』

「魚呼吸不是用鰓嗎？」童胤恒覺得莫名其妙，拉了椅子靠近茶几，他晚上吃麵線，一打開是香味四溢。

汪聿芃也跟著拖另一張椅子到茶几短邊那兒，好整以暇的先把東西都擺好，便當、湯、還有飲料。

鏡頭換到另一個打馬賽克做變聲效果的女人身上，『超、超可怕的！我們沒有騙人，所有人都聽、聽見，只是錄不到而已！可是你看到張臉，那就是人、人面魚啊！』

「眞是太神了！」康晉翊雙眼發光，轉向身邊的女孩，「抄下了嗎？」

「都抄下了，既然是廚師，背景也有拍到餐廳，應該不難找。」細心的簡子芸總是個整理資料的能手，「人面魚啊，想都沒想過會出現這種都市傳說！」

「造假的可能性也不能輕忽，因爲從頭到尾就沒錄到那條魚說話。」蔡志友果然立即剖析，「聲音出來時，畫面也只有拍攝那位廚師，其他人或團員都沒拍到。」

汪聿芃朝右手邊的童胤恒挑著眉，一副你看你看，我剛說對了吧。

「不過網路就傳開了啊，那句眞詭異！」社員小蛙總是一臉流氓樣，最近剛換了藍色的頭髮，不到一個月就重剪染一次，汪聿芃眞想問他到底花多少錢在那顆很炫的頭髮上。

「總之先觀望，不過我記得人面魚的都市傳說沒什麼後續效應。」康晉翊滑著手機，「就只是釣起一條魚，聽說魚問了食客『**魚肉好呷嘸**』，接著食客拍下當年轟動一時的照片。」

他轉過手機給大家看，同時新聞也在探討幾十年前的人面魚事件。

「對啊，事情也到此爲止……喔，後續效應就是養魚的慘了，大家都不敢買魚回去吃。」簡子芸查到的資料也很單薄。

「如果是眞的，」汪聿芃打開便當蓋，「那人面魚爲什麼這時出現？牠問那句話又是為什麼？」

全社團的人紛紛朝她看去，不只是因為她提的問題，還有她的便當裡就躺了一條煎魚，一整尾煎得金黃酥脆，這當口還會買魚的人，果然是汪聿芃。

「還有理由的嗎？」童胤恒覺得有趣，他還沒想過這個問題。

「美人魚上岸是為了王子，隔這麼久才跑出人面魚，而且什麼不說，為什麼問那句魚肉好呷嘸？」汪聿芃眨了眨眼，起筷，「說不定是魚界魚肉大賽呢！」

小蛙眉挑得老高，都不知道該接什麼了，「是喔，是不是牠們海底二十年一度大賽，要比誰的肉質最好吃，由第三方公證，就是人類？」

康晉翊忍不住笑，「都市傳說沒有原因的！」

「總有契機啊！有什麼事引得人面魚倏地迸出來！」汪聿芃無敵認真，「小蛙，你說得也有道理耶！」

「天哪！妳認真喔？妳以為在演阿呱麵（Aquaman）嗎？」蔡志友啼笑皆非，「搞得魚上岸是有理由的……」

汪聿芃根本不在意他們的嘲笑或想法，逕自下筷從肚子邊夾起一塊鮮嫩的肉——

『魚肉好呷嘸？』

喝！童胤恒顫了一下身子，手裡的湯匙落進了麵線裡！

糟糕！汪聿芃立即跳起來，扔下手裡筷子，不客氣的使勁推了童胤恒左側！這一推直接讓他撞向同一張大椅子的簡子芸、再撞向康晉翊，來個連環撞擊。

「啊！」簡子芸莫名其妙被夾在中間，跟著側倒在康晉翊身上，這使勁一推讓氣氛丕變！

童胤恒第一時間左手掌根處又朝頭上敲下，短暫針扎的痛楚襲來，幸好……汪聿芃先出手了。

「怎麼回事？」大家瞬間變得很緊繃，康晉翊扶著簡子芸立刻站起，「童子軍聽見什麼了嗎？」

童胤恒偶爾聽得見都市傳說的聲音，是不知爲什麼有的惱人能力，聽見時總會頭痛到無法動彈，如針扎般痛苦，這是他極其不願擁有的力量！

相較於汪聿芃的「看得見」，他比較希望是……不，他其實都不希望。

「嗯。」童胤恒拉住汪聿芃伸來的手坐正，視線落在她便當的那條魚上。「我覺得，這件事可能眞的是都市傳說。」

汪聿芃隨著他的視線也看著自己便當的魚，她很認眞的把整個便當轉了三百六十度，期待某個角度可以看出人面魚。

「你聽見什麼了？」簡子芸緊繃的問。

「魚肉好呷嘸？」

第二章
彩色人面魚

人面魚事件瞬成風潮，人人都想再睹廬山眞面目，媒體們都在報導夢幻魚，詢問該片山區嚮導與原民，他們多半低調不願多談，唯一一位不具名的嚮導表示，大自然都有神靈，夢幻魚被視爲是神的化身，輕易不可得，如有捕獲都是山神願意與之親近。

但開口說話或人面魚這件事，他們從未遇過，有人認爲是神靈顯靈，也有人認爲是天之異象，當然最多的還是人面魚初始的源頭：都市傳說。

不過山區管制，除了事先報名者能進入外，其他人均不得其門而入，山區居民也非常厭惡蜂湧而至的媒體，有些旅客甚至把名額讓給記者，一旦發現後都被直接婉拒參加行程。

但是，就在全國都引頸企盼第二隻人面魚出現時，不但天從人願，而且還不只一隻！

「這裡！」小蛙從前頭折返，「超多人的！大家都來朝聖了！」

一群人揮汗如雨，在火車站裡等候探路的小蛙，站內人潮洶湧，不難知道現在這裡有多興旺了！

最酷的這兒不是山區，只是一個普通的小站。

因爲前幾天南生河某處河邊爆出惡臭，有成堆的魚暴斃，顏色偏綠，而每一隻魚身上，幾乎都有一張人臉！

「來來來！人面魚喔！人面魚！」一出火車站，對面就有小販招呼著，「活生生的，可以帶回去養喔！」

一堆人上前圍觀，一整排幾乎都是販售人面魚的攤販，他們將人面魚撈捕上來後用水盆裝著，一條一千元，特殊顏色價碼更高，最可怕的是買的人還不少。

「牠不會說話耶！」有人抱怨著，「不是會問魚肉好呷嘸？」

「說不定有緣才聽得見啊，我們撈這麼多上來也都沒聽過！」小販聳了聳肩，「好幾天了完全沒說過話，但魚上面的人臉是千眞萬確啊！」

是啊，汪聿芃擠過人群，衝到了最前頭，就爲了盡快一睹人面魚的風采……大盆子裡綠色與藍色的魚悠游其中，牠們的魚身上眞的有張似人的臉，只不過是平面的。

彷彿是魚鱗分佈的形狀，因顏色深淺而勾勒出人的半側臉，而且每隻魚都不同。

「這能吃嗎？」有人好奇的提問了。

「欸，原則上這些都是可食用的魚種，但是我們不建議吃啦！都已經變這種顏色了。」小販面有難色，欲言又止，「還是觀賞用就好喔！」

其他都市傳說社的社員根本擠不進去，後頭有人拼命擠，簡子芸直接朝旁邊被衝開，康晉翊趕緊拉住她的手！

「小心！」他將她拉到身邊，「大家不要走散了，我們先到前面去好了！找個空一點的地方！」

「後面不要推啦！」蔡志友如熊般高壯，氣極了回頭就是一陣怒吼。

後頭的人愣了一下，旋即也因為被嗆而不爽，「凶三小啦！是後面在推啦怎樣！」

「我就一併吼給後面的聽啊，你是不會回頭也嗆回去喔！」蔡志友一副來打架啊我沒在怕的臉。

小蛙沒說話，光一頭藍髮刺青加上凶狠表情，完全流氓作派，一狠瞪就是要打架的前奏了！

「好了！大家被擠都很難受了，就先走到前面去，這邊太多人在看魚了！」簡子芸趕忙阻止無謂的爭吵，「童子軍，看好汪聿芃啊！」

童胤恒根本舉步維艱，回眸一瞧，「汪——」

汪聿芃？啊人呢？本該站在他右後方的女孩不知道什麼時候不見了，他驚愕的趕緊回身顧盼，完全不見人影啊！

「汪聿芃！」邊喊著，他們一邊被人潮往前推擠而去。

「這邊這邊！」

前方左邊有人揮著手，距離他們居然有五公尺遠，而且還疾速往前移動。

小地方成了觀光聖地，就因爲這裡出現了大量的人面魚！

暴斃的只是某一群，還有一堆在南生河河水裡悠游，附近的居民原本以爲只是特例，結果隨便河裡一釣，釣到人面魚的機率高達九成，更可怕的是，牠們有著不正常的顏色。

「這不是夢幻魚，跟山區那個不同！」這邊也有小販在解釋，「這一般很像我們在吃的吳郭魚，對……但就是有人臉啊！」

大家總算到了離火車站較遠的地方，人潮也沒這麼擁擠，康晉翊看著末端小販在解釋著，他心裡卻是滿滿的不安。

「最好吳郭魚是綠色的。」康晉翊喃喃唸著，「我看影片連水都是綠的。」

「對啊，環保團體說是工業廢水汙染，目標不是已經鎖定上游的工廠了？」

簡子芸遠望著被人群包圍的攤販，她也很想過去看一眼啊！

眾人集合完畢時，汪聿芃就從某處攤販那兒鑽出來，愉快的跑回。

「妳是跑去哪裡？也不吭聲。」童胤恒看到就想唸。

「人這麼多，還要跟你們說太麻煩了，這個人面魚跟那天廚師吃的完全不是同一種。」汪聿芃用力搖著頭，「廚師拍的那個是3D的臉，這個是2D的。」

「不管幾D我個人都覺得很噁心。」小蛙翻著白眼，想像有條魚在桌上跟你聊天，實在不是件舒服的事。

蔡志友戳戳童胤恒，「你有聽到什麼嗎？」

童胤恒搖了搖頭，「這麼多人面魚環伺下，還眞的沒有。」

「但你卻聽見了我便當裡死魚的聲音……」汪聿芃略勾起嘴角，饒富興味。

「妳怎麼知道是那隻死魚的聲音？別忘了我聽到的是都市傳說的聲音，那是直接進腦子的，它們可以從各個地方來。」童胤恒無奈的解釋，煎成那樣還能開口說話，都可以去登記金氏記錄了。

「好了，我們走吧，到源頭去，看能不能看到更多。」簡子芸示意大家往前行，他們今天的目的自然是要探訪人面魚，因爲保護區不能進入，所有人便前往出現大量人面魚的地方。

即使只是２Ｄ，或只是鱗片上的變化，但同時一區出現每一隻魚都是人面魚的機率，便足以令人頭皮發麻。

「這裡距離保護區其實不遠，水源會不會有互通？」康晉翊看過地圖，看起來隔了一個縣，但其實也不過隔座山。

「認眞要說的話，萬物的水源都來自大海。」簡子芸微笑說著，「它們又隔著同一座山，有機會我們可以去查水源圖。」

「喂，這就是汙染啊，人面魚其實都是變種魚吧！」小蛙的想法簡單多了，「外星女都說這些是２Ｄ的了。」

「就算是2D還是很詭異，每隻魚都因爲突變生出人臉？」蔡志友疑惑的搖著手指，「這就是異象，還比當年人面魚第一次出場時強太多了。」

當年就那麼一隻，尚無3C產品時的相機拍下一張模糊的照片，現在直接出現一批活生生的人面魚，直播錄影拍照樣樣都來，唯有一點：不輕易開口。

「你會不會想太多了？每隻魚長得都不一樣啊！」從他們身邊經過一對疾步的情侶，速度快到活像競走，「難道你真要找到一隻像她的嗎？」

呃……康晉翊放慢了腳步，每隻人面魚長相還不同啊？

「我不會聽錯的！妳應該還記得吧？她的聲音啊！」男人拉著女友，與他們拉開了距離。

「我不是……」因爲他們實在走得太快，一個右彎就聽不清楚了。

不過剛剛那幾句話，卻讓都市傳說社的眾人個個豎起耳朵，互看一眼，連句話都不必，立馬追上去！

聽見沒有，那兩個人特地來找「特定」人面魚，不是看熱鬧的！

「聲音的話，是說保護區那隻嗎？」

「那個聲音錄得很清楚，很清亮的嗓音，跟當年傳說中有些滄桑的聲音不同！」康晉翊反覆看過那個影片很多次，「而且喊了多次，清楚到不可能是錯覺。」

「不過音質像也是有可能的吧？」簡子芸微蹙眉，「像我聽起來也很像我們班的同學啊！」

「所以這才奇怪啊！」小蛙嘖嘖驚奇，「聽個聲音就這麼緊張，非來一趟不可，還想看長得特定模樣的魚？」

這怎麼聽都覺得不對勁啊！

聽起來，那對情侶覺得聲音像某人、魚臉可能也像某人，那是不是表示他們嘴裡的某人已經不在了？

大家發揮積極跟蹤力，一下子就追上了那對情侶，顯然的男士心急過度，拽著女友走太快，已然引發女友不爽，他們趕上小倆口時，已經進入吵架氛圍——停！

康晉翊立即打橫手臂，暗示大家慢下來，沒瞧見前頭女孩子在甩手了啊。

「你有完沒完！」女孩甩開男友的手，「失心瘋了你！」

男人終於也停下腳步，回頭露出一臉的不耐煩，原本想開罵，可一回身就看見了後頭一票浩浩蕩蕩六個人，有點難爲情；此情此景也不能再光明正大偷聽，蔡志友只好裝作無事的繞過他們，在前頭收音更好，沒關係。

「我不是失心瘋，我就是……那聲音眞的太像了。」

「你現在要說她變成那條魚嗎？」女孩虛弱的說著，「你知不知道自己在說

什麼？」

「我們曾經在一起過，那是她的口吻、她的語氣、她的聲音，我不可能搞錯。」男人低唸著，「現在突然出現這麼多人面魚，妳就不懷疑嗎？」

「有什麼好懷疑的！她只是失蹤，失蹤而已！」女友一臉嫌惡的搖著頭，逕自邁開步伐往前走，「你這樣根本就是在自己嚇自己！」

「失……」男人追上女友，「妳到現在還認為她失蹤？都幾年了？」

女友只是深呼吸，不再說話，她留意到前面放慢腳步的眾人，童胤恒眼尾一瞥，趕緊推著汪聿芃往前，他們太刻意了，不能再這麼明目張膽；反正目前只有一條路，同一個方向，根本不必擔心遇不到他們。

失蹤哪，汪聿芃一路上都沒出聲，小蛙不知道她是天線沒立好還是正在跟母星連線，總之又是睜著一雙眼睛咕溜溜轉著，然後喃喃自語，自言自語還會欲言又止，一會兒指指某處，一會兒看著地上。

「可能有個認識的女孩在溪邊失蹤多年，下落不明。」簡子芸已經理出推測，「吳先生吃的那條人面魚所說的話語跟音調，都符合失蹤的女孩。」

「大量人面魚的出現，讓他們想確認是不是……」康晉翊話不說全，瞠著眼睛用力頷頷首，大家知道就好。

「但這裡不是保護區，也不是所謂的夢幻魚。」童胤恒覺得他們真是找錯地方了，「而且，難道那個女孩是在保護區失蹤的？」

「別想太多啦！」蔡志友壓低聲音，「基本上，現在他們聽見了聲音就慌了，想知道是不是失蹤的朋友，所以哪兒有人面魚的消息，就往哪裡去！況且剛不是說了，還每張臉都不一樣似的。」

前頭的汪聿芃驀地回首，「是每張臉都不一樣。」

她亮著雙眸，肯定的說，童胤恒用力深呼吸，「妳看見了？」

「我剛看了四個攤販，神情姿態各異，還有男有女。」

他們之中只有剛脫隊的汪聿芃先瞧見了這群人面魚，這說法眞是令人不得不倒抽一口氣，卻又滿心期待雀躍不已，大概只有童胤恒始終眉頭難舒，這情況讓他毛骨悚然，萬一再聽見那句「魚肉好呷嘸」那多可怕，尤其這、麼、多、魚。

終於來到源頭，竟然被圍起來，環保團體正在舉牌抗議，警方維護秩序，遊客卻爭相想要撈或釣或看人面魚，場面簡直是一片大混亂。

「爲什麼不能釣啊？奇怪，這是私人的嗎？」

「你們抗議的滾開一點行不行？」

「反對排放廢水、汙染河川！反對排放廢水、汙染河川！」

康晉翊簡直瞠目結舌，這是哪門子的亂象？

「去那邊好了！」高大的蔡志友看見突破口，「走一段路，警察本來就不可

能通通包圍，我們沿溪行！」

這邊是另一個集市，一堆人在賣人面魚，種類更多，價格倒是比火車站外的親民，不過也是各隻魚種都有，還有紅綠相雜的，康晉翊等人趁機終於得以瞧見，真的是隨便一瞥，就可以看著帶人臉的魚在水裡悠游。

「好詭異……」簡子芸忍不住打了個寒顫，「就算這樣看進水裡，都像有張臉鑲在上面。」

「這是都市傳說還是什麼天有異變啊？」小蛙也覺得不舒服，「這種魚居然還有人買回家觀賞，看著不毛嗎？」

「啊現在就流行跟風啊！」康晉翊一臉無奈，「先買到先打卡誰就是走在潮流尖端的樣子。」

汪聿芃默默轉過，「大家心靈還真空虛。」

「是蠻空虛的，我也有點想買一條。」蔡志友認真的回應，「我又沒有水族箱，養一隻小的應該不費力。」

「是喔，半夜起來，牠如果貼著壁睡覺，你就看到一個人在那邊看著你喔……」小蛙故作陰森的聲音，但對一位曾是科學驗證社的前社長而言，實在有些無趣。

蔡志友沒好氣的望著他，一臉沒救的臉色，留意到身後不遠處的那對情侶。

「我們往那邊走，那邊似乎沒有人！」他突然揚高分貝喊著，康晉翊才想叫他小聲一點，立刻被擠眉弄眼的暗示小情人在後頭呢！

這樣的分貝成功吸引了小倆口的注意，他們果然也跟著他們前往同一方向！

蔡志友斷定得沒錯，警察不可能封住整條河水，不論河岸高低，兩邊都有人卡位想觀看人面魚，大家一路走了五分鐘，總算到了一處較空的地方，還恰好有座小石橋，可以正面看著……

「這河川汙染也太嚴重了吧！」康晉翊簡直不敢相信，「根本像洗顏料的水，這哪看得見魚啊？」

可不是嘛，大家紛紛拿出手機，原本是眞心想拍魚的，但是這條河水完全是實心的綠色，眞的就像是美術課時，拿綠色顏料在水裡洗的感覺……不，還要更嚴重，因爲連一點點透明度都沒有！

之前魚群大量爆斃根本理所當然，問題是這些活下來的也太強韌了吧！

「那邊那邊！」旁邊有人指著水裡，「我看見了，有魚耶！」

哪裡？童胤恒趕緊也往河裡看去，要不是那條魚離水面近些，硬是划出一條波紋，誰看得見魚啊——唰！

就在這時，有尾魚突然跳了起來，幅度是不大，但所有人都看見了！

「哇！」驚呼聲起，看見綠色的魚帶起綠色的水，再撲通的回到綠色水濺起

綠色水花。

「好臭……」簡子芸掩鼻難受得皺眉，「聞著我都要吐了！」

「幹！你有看到嗎？我剛眞的有看到臉！」小蛙手機依然對著河面，「我有錄到，回去可以慢速播放了！」

「看到了啦！明顯到隨便一瞥都瞧得見。」蔡志友凝重的望著河面，「是工業廢料導致這些魚身上變得有人臉而已吧？童子軍？」

童胤恒再度搖首，他沒有聽見任何關於都市傳說的聲音。

「妳呢？」他問著趴在石橋上的汪聿芃，「有看到什麼嗎？」

「啊我就都看得見啊！」她歪著頭，「大家也看得見，應該不是都市傳說吧！」

「不能這樣分辨啦！汪聿芃要很特殊的時候吧！像夏天學長！」康晉翊只能想到用學長舉例。

都市傳說社的創始者，熱愛都市傳說到堪稱走火入魔的地步，在某個夏天失蹤後至今未曾尋獲，當年的副社長郭岳洋記載，說夏天學長去了如月車站，此生就待在那兒。

信者恆信，黑粉都說他們是胡謅，夏天學長不過是失蹤人口，被社團拿來做文章；但是，童胤恒默默看向汪聿芃，她曾搭上如月列車，還是學長叫她下車，而且她也曾在明明空無一車的地鐵裡，親眼看見如月列車呼嘯而過——只有她看得見。

所以，他們之中一個看得見都市傳說，一個聽得到都市傳說的聲音，感覺就像是天生該進都市傳說社。

「什麼都看不見，你滿意了吧？」細小的聲音自他們背後傳來，偷偷回首，果然是小情人。

「我們去看看攤販那邊吧？」男友不放心的想拉著她過去。

女孩相當纖細，一頭長髮披散，看上去是文靜型的女孩，到此也忍不住怒氣，伸手拉住了他。

「鄭鑫柏！你夠了沒！你眞的想一攤一攤，去找一張跟她一樣的臉嗎？」女孩不顧旁邊有人的低吼。

鄭鑫柏痛苦得閉上雙眼，仰頭向天，「妳不懂！因爲我知道那是她！那就是她！」

「什麼就是她，那個影片現在大家都說是造假！」女友不可思議，「從頭到尾只有聲音，沒有拍到魚上的人臉在說話，這樣你也信？那種影片我也會做！」

鄭鑫柏臉上盡是不耐煩，那是一種有理說不清的態度。

「這無關乎什麼影片造假，就算是造假，妳有想過說話的是誰嗎？」男友拉

高分貝，「芳儀，我就是知道是她，不要問我爲什麼……直覺，妳就姑且認爲是直覺吧！」

「直覺？你什麼時候是會談直覺的人了？你一直是實事求是的人啊！」女孩都快哭出來了，「一開始是誰跟我說，不見屍體就不算死亡的？嗄？那個人是誰？」

喔喔喔，在石橋上一排的「都市傳說社」成員們暗暗哇了聲，聽起來好像很多內幕似的。

鄭鑫柏難受得抬首，上前摟過了女友，女友不爽的推拒，但男人氣力大繼續拉扯，於是當場演起了偶像劇，一場欲迎還拒的戲碼。

反正，最後還是無視旁人的緊緊相擁。

「芳儀，妳不覺得這事情很奇怪嗎？爲什麼偏偏是魚？爲什麼偏是她的聲音？」男友用力抱緊女友，「我心裡非常不踏實。」

「因爲你……還忘不了她吧？」芳儀悶悶的哽咽著，「都幾年了，沒人忘得了她。」

「我的確不相信什麼第六感這種鳥事，但是這次……能不能配合我？」鄭鑫柏連續多一點彎都懶，再度拉回主軸，「我覺得，會有那麼一隻魚，是她的模樣。」

喝！女友果然立刻彈離男友懷抱，雙手不客氣的推開他，「鄭鑫柏！你非得要找那條有她的臉的魚是爲什麼？」

男友搖頭，他張口欲言，卻說不出理由，「我就是……」

就是？他自己也不知道爲什麼，但他認定了人面魚的聲音是前女友，因此也覺得她就在這眾多人面魚之中……或許，等著他？

「好。」芳儀抹著淚，倒是果斷，「我陪你找，就今天一天，然後答應我，事情到此爲止。」

鄭鑫柏喜出望外，用力的點頭，「好！謝謝妳，芳儀！謝謝妳。」

女友冷冷的別開眼神，「我也不是全爲了你，畢竟……是我們共同的朋友……」

沒等她感傷完，男友拉著她就趕緊往攤販那兒去，聽著高跟鞋聲音遠去，一排六個人才朝右偷瞄，確定他們離了段距離後——

「打賭才不會到此爲止。」小蛙立刻伸出手，「他只是先答應敷衍著而已，反正達成現在的目的再說。」

「對，這邊沒找到，等等到火車站那邊會再找一次。」蔡志友附和，「那個男的很執著。」

簡子芸微蹙眉，瞄向康晉翊，「原來你們男人說話都是先敷衍的。」

「咦？沒有！沒有，那是個案！」康晉翊莫名的緊張起來，「我的話才不會！因爲如果是我，我應該會讓妳在某處等我，我自己去找。」

嗯，請問社長現在是在解釋什麼啊？在場三個男人都用一種瞭然於胸的眼神瞄著康晉翊與簡子芸，瞧瞧這氛圍，是爲什麼就還沒走到下一步呢？

「我應該會陪你去吧。不過想在一條魚身上找失蹤前女友的臉，這……」簡子芸搓著雙臂，「好不舒服。」

唉呀，汪聿芃根本沒在聽他們說話，直接跨步出去，朝著那對情侶後頭跟去了！

「喂……」童胤恒伸手來不及抓，到底誰抓得住短跑冠軍？

「盯好，童子軍。」小蛙搖著頭，「一不小心她就回母船了怎麼辦？」

童胤恒已經習慣汪聿芃是他的責任，因爲他知道她的思考與行爲模式，跳躍式的思考，比一般人想得遠也想得偏。

這兒地大，所以攤販潮再多也不似火車站前的擁擠，他們三三兩兩分散著走，像跟著逛攤位般，雙眼都留意著那對詭異的情人。

「咦？」鄭鑫柏喊了聲，突地指向一攤後頭的水族缸。

小販們前方擺水盆或深缸，身後的大水缸才是重頭戲，幾乎都是較大隻、顏色特殊或人臉異常清晰的人面魚們。

男人指著的，是一條有三十公分長暗紅色人面魚。

「喔喔，客人有眼光，這尾很大喔！」老闆笑吟吟的側了身，好讓鄭鑫柏瞧清楚，「牠身上的臉是女性，而且別看牠紅色鱗片，人臉的地方顏色淺到簡直像膚色了。」

「我想細看牠身上的臉。」鄭鑫柏有點焦急，身旁的女友憂心的彎身打量著。

「沒問題，我之前就拍好了。」各家攤販異常專業，畢竟魚兒游動時是垂直的，一點兒都不好瞧見那臉部，他們早就在打撈起時都拍照了。

滑動手機，亮出了一張照片，遞給男友。

鄭鑫柏伸出的手在抖，康晉翊默默觀察著，指尖要觸及手機時，明顯的遲疑了。

奇怪，如果覺得找失蹤的前女友已遭不測，異想天開的認爲某條人面魚可能有前女友的臉，但也應該是帶著如剛剛焦急的姿態，爲什麼這個男人還流露著一絲畏懼？

他不是擔心她走了，從剛剛他們的對話中，他幾乎認爲前女友已經不在了，才會如此堅持非找到不可。

他最終還是接過手機，老闆專業的還每個角度都拍攝，那條魚身上的臉眞的非常明顯，尤其整個五官鱗片都呈淡色，立體得不得了。

「不是。」女友即刻搖頭，「一點都不像，只是乍看有點像而已。」

鄭鑫柏失望的把手機還給老闆，「謝謝……」

魚缸中的那條紅魚突然激動的在魚缸裡游了一大圈，下一秒衝撞魚缸，嚇得老闆回首，不明白魚怎麼了。

「哇！」所有人都看見魚衝撞向著鄭鑫柏的那面，衝撞完再在水裡繞圈，緊接著再衝撞一次！

這次小倆口也都錯愕的看著衝撞完後，竟停在魚缸前的那尾魚。

『魚肉好呷嘸？』

咦？鄭鑫柏突然僵住身子，瞪大了眼睛看著魚缸，顫抖的手高舉。

『魚肉好呷嘸？』

「聽……你們聽到了嗎？」男友驀地大吼起來，「牠說話了！」

說話了？汪聿芃倏地回身，正巧接住腿軟倒下的童胤恒！

他痛苦得雙手掩耳，瞪大的眼瞪著地板，痛苦得再緊閉雙眼，「啊……吵死了！」

他咬緊牙關的擠出幾個字，現在彷彿有數萬根針朝腦子裡刺入的疼，蔡志友與小蛙即刻上前包住童胤恒，半架半拖的把他帶離人潮行走的通道。

「越遠越好，到那邊去！」簡子芸指向了距離攤子遙遠的地方。

沒用的！童胤恒簡直無法呼吸，因爲闖進他腦子的聲音不是那條魚。

而是排山倒海的『**魚肉好呷嘸**』，聲音從四面八方襲來，根本是整條路上、河裡水裡，所有的魚同時喊出了這樣不間斷的聲音——『**魚肉好呷嘸魚肉好呷嘸魚肉好呷嘸？**』

「哇！妳沒聽見嗎？」鄭鑫柏回身抓著芳儀，用一臉驚恐的神色回望她。

「你在說什麼啊？」

那個男友也聽得見！康晉翊趕緊拿出手機錄影，瞧著那男友慘白的臉色，他雙手掩面即刻就蹲了下來。

附近的人紛紛投以詭異目光，說實在的，連他都沒聽見什麼啊！

「童子軍很不對勁！」小蛙衝了過來，蔡志友架不住他，童胤恒已經痛苦到坐在一棵樹前的地上，用力壓住雙耳。

簡子芸也發現情況不對了，「我們得離開這裡，但是蔡志友扛得動他嗎？童子軍動不了啊。」

「等等……」汪聿芃舉高手，指向了攤子裡的魚缸。

一整排攤販身後或前方的魚缸或水盆，不管什麼容器，都裝滿無數人面魚，牠們不約而同的全朝向了同一個方向——那個掩面蹲著的男友。

「哇靠！」小蛙忍不住笑了起來，「還眞的在演阿呱麵耶！」

第三章　歸還

女孩拿著黑糖珍奶站在攤子前，目不轉睛的盯著魚缸裡的人面魚們，無視四周的人聲鼎沸，她只是看著魚身上的人臉。

在牠們每一次游動、那擺動著魚尾婀娜多姿之際，她總是可以看見平面的2D人臉有一秒變成3D的立體時刻。

當然可能是光影錯覺，但連眼睛都會眨動這點，她就持保留態度了。

「汪聿芃！」簡子芸氣急敗壞的跑來，一把扳過她的肩頭，「妳卡在這裡做什麼？童子軍還在等妳的飲料！」

「我在跟牠們對望。」汪聿芃轉過身，非常認眞的向她解釋，「妳看，我如果往左，他們的眼神也會盯著我不放耶！」

簡子芸朱唇微啓，回頭再看了一眼人面魚們，噢了一聲。

「妳知道魚眼珠就那樣一顆，而且沒有眼皮嗎？」她不知道該怎麼想像眼神跟著汪聿芃的姿態。

一般人類當然眼神可以飄移，因爲人們有眼球與眼白很好辨認，但魚眼睛是……

「我當然不是說魚的眼睛啦！」汪聿芃輕描淡寫的說著，突然間自個兒就跑向了火車站。

不是……簡子芸愣了住，不是指魚的眼睛？她趕緊回首看向那一大排的人面

魚們，她難道是說魚身上人臉的雙眼嗎？天哪！

又起了雞皮疙瘩，這眞的是極度令人不舒服的事件，她完全可以理解當年爲什麼會影響魚的銷售，光是看著今天這一大群的彩色人面魚，對魚就完全沒有食慾了。

「來了！來了！」康晉翊看著跑進來的汪聿芃，「不是攤子就在旁邊嗎？」

汪聿芃沒回，逕自將飲料遞給童胤恒。

他臉色慘白，冷汗直冒，連手都不住的直發抖，剛剛那簡直是萬重之聲，最可怕的是聲音還各異，男女老少均有，同步用喊著『魚肉好呷嘸』，還越來越激烈、越來越大聲。

聲音是直接進腦子的，掩耳根本無效，最重要的是他頭超痛，每喊出一個字，都像針扎，還是拔起來再扎下去的重複刺痛。

最後，是汪聿芃跑去買冰塊水，直接從他頭頂澆淋，還抓著他的頭髮去撞樹，聲音才退散。

小蛙坐在他右手邊，看著額角那腫起來的瘀青，想著以後可能要避免跟汪聿芃打架，運動的人氣力都不會太小。

「沒再說話了吧？」汪聿芃彎下身子，一個小臉在童胤恒面前晃。

他大口喝著珍奶，甜食總是可以在被都市傳說的聲音折磨後讓他舒服許多，虛弱的搖搖頭，難受的靠向椅背。

「我頭很痛。」他總算開口。

「沒辦法，以前撞你就能擺脫，今天蔡志友拖著你走了那麼段距離都沒用，我只好想別招了。」汪聿芃歪了頭，讓動彈的人動彈，原理有點像從鬼壓床中逼自己清醒一樣。

就是要用力的大動作！

「不急，你休息夠了再動。」康晉翊也很憂心，因為童胤恒是運動健將，過去曾是籃球校隊，那體格不在話下，結果剛剛瞬間臉色發青，「不過你到底是聽見了什麼？」

「還能有什麼？就同樣一句。」他虛弱回應，「只是音量是這裡成千上萬條的魚同時開口，外加連續不斷罷了。」

成千上萬？簡子芸下意識朝門口的擁擠攤上望去，「包括河裡的嗎？」

「我聽不出來了，太可怕，我想數百條跑不掉吧！牠們同時喊著叫著，怎麼可能受得了？」說著，童胤恒再大口喝了珍奶。

汪聿芃默默坐到他左手邊，嚴格說起來是硬擠進他跟康晉翊中間，康晉翊即刻識趣的站起來，她就是要挨著童子軍坐啊！

她握住他的手，象徵一種加油打氣，眼神卻瞟著進出火車站的龐大人群，人

手至少一袋多彩人面魚。

透明的袋子，魚在狹小的空間裡掙扎游動，但正因爲空間狹窄，所以更能輕易看見牠們身上的臉孔……果然是每張臉都長得不一樣，有男有女，認眞瞧連神情似乎都各異。

「那對情侶呢？」童胤恒這才回神，「那個男的也有聽見。」

「對，只有他聽見。」康晉翊搖搖手機，「我錄下來了，他非常驚恐，一直喊著爲什麼其他人沒聽見。」

「然後就像阿呱麵啊！所有的魚都轉向他耶！」小蛙激動的說著，「你們有去看嗎？水行俠小時候去水族館時，魚都知道他是大海之子，所以全部朝向他呢！」

「所以那個男的該不會是水行俠吧？」簡子芸笑了出來，很妙的比喻卻也很貼切，「不過沒想到除了童子軍，也有人聽得見。」

「因爲是說給他聽的吧！」汪聿芃聳了肩，「童胤恒眞的是池魚之殃。」

「我也這麼認爲，因爲魚是向著他的，不是童子軍。」康晉翊深表同意，「再搭上他在尋找的前女友……前女友臉孔的人面魚。」

「呃，這樣說起來……人面魚跟那對情侶有關係嗎？」小蛙這才突然開竅似的，「我以爲是那個保護區或是那位廚師？」

「都有可能，但現在這對情侶太奇怪了！我的確認為他們跟人面魚的出現脫不了關係，你們看——」簡子芸扳起手指，「失蹤的前女友、下落不明、一樣的聲音、人面魚開口。」

「不過有人的前女友失蹤，看見人面魚出現，就認為魚會是前女友，這邏輯也非常詭異吧？」蔡志友悠哉悠哉的從另一頭走來，他去買了一袋香腸，「大家一人一條，先吃點墊肚子。」

「蔡志友好樣的！怎麼知道餓了？」小蛙開心的立刻接過，主動分發。

「那對情侶走了，我跟著他們上月台，他們剛剛根本是逃走的，女友慌張得直接哭出來，拼命的說不可能不可能，然後她男友連唇色都發白，抓著她一直回答：就是她就是她。」

就是她？汪聿芃體貼的為童胤恒把香腸露出紙袋，好讓他抓握，「第一聲聽見的是男是女？」

「全部。」童胤恒沒好氣的回應，「第一句開始就是集體大咆哮了……謝謝。」

歷經剛剛那一遭，現在有熱騰騰的香腸配大蒜眞是勝比人間美味。

「我當然沒機會上車，但是我聽見男友用驚恐的眼神跟女友說，如果是她回來了怎麼辦？」蔡志友大口咬下香腸，「那個神情是恐懼，極端恐懼。」

「女友怎麼說？」小蛙都比較掛心八卦，「我現在才是正宮喔你搞清楚之類的。」

「基本上一條魚也沒什麼競爭力吧！」蔡志友失笑出聲，「她哪有這種好心情啊，她眉頭皺成八字，可憐兮兮的咬著唇搖頭，就只是一直緩緩搖著頭。」

康晉翊深感惋惜，看著握在手裡的手機，「有點可惜，剛剛應該認識一下對方……雖然有拍影片。」

「有拍影片就好，你有拍到那個男友的樣子嗎？」簡子芸略頓幾秒，「沒拍到臉更好，我們如果真要找人，把影片放上社團，請當事者私訊聯絡就好。」

「喔……對，對啦！」康晉翊倒是有點驚訝，「這樣好像在逼他出來。」

「我們還不知道這個都市傳說會造成什麼事，不重要就算了，但如果跟上次SD一樣會出人命，自然就不能坐視不管，肉搜也得搜出他來。」簡子芸溫柔但堅定的望著他，「這人面魚真的讓我不暢快。」

「誰暢快啊？」小蛙用下巴指了汪聿芃，「就她還在吃煎魚。」

「那又不是人面魚。」汪聿芃蠻不在乎，「外面那種一看就知道汙染的我才不吃，那其他能吃的我才不怕。」

簡子芸打了個哆嗦，拼命搖手，這她可不敢恭維，「如果上桌的真的是條沒汙染的人面魚呢？」

「嗯，煮熟了不是嗎？」汪聿芃的重點在這裡：煮熟、可食用。

「妳別想太多，目前爲止除了一開始保護區那條，其他全部都這條彩色河流的汙染魚。」康晉翊說著，又有遊客開心拎著兩條魚離開，側面剛好向著他們，彷彿有兩個人正在瞧著他們。

汪聿芃看著那兩條魚，看著遊客進站，向左後盯著他們直到消失在眼前爲止。

「我確定他們在看我們。」她突然斬釘截鐵的開口，「看見沒有？剛剛藍色那條的眼睛本來是往前的，後來整個向後瞟，他在看我耶！」

汪聿芃相當激動，這分貝一點兒都不小，引來了路過的人側目。

「可能吧，那個魚上有人臉本來就很特別了，那個鱗片錯落，深淺光澤不一，會有不同的感覺。」康晉翊趕緊圓話，別讓人家覺得汪聿芃很怪。

童胤恒拉她坐下，他對汪聿芃可是深信不疑，她邏輯不一般，想法怪異，但從不胡謅。

「瞧見了？」他低語，他聽得見，可她看得見。

「一清二楚，魚上的人臉就跟一般臉一樣，眼睛有眼白跟瞳仁的。」汪聿芃肯定極了，「我剛剛在攤子上還覺得有閉眼後睜開的。」

「越聽越毛。」蔡志友不安的看著一波波進站的旅客，「想到這些人把魚帶

回家……」

他們想養在哪裡？這種魚離開原水質只怕也活不久，養在魚缸裡？養在盆子裡？水裡當然是不會有什麼影響啦，但只要想到魚缸裡好像有個人在看你，不會覺得哪邊毛毛的嗎？

尤其若是半夜在燈光照耀下，那張臉陰惻惻的瞪著你，彷彿一種監視。

「說到保護區那個，是正港無汙染的吧？」小蛙沒忘記那位，「我們不是說要去找那位第一發現者嗎？」

吳廚師，位在川菜小館。

「餐廳營業到兩點，如果在不影響店家做生意的前提下，可能就是兩點左右進去，請教對方關於人面魚的事。」簡子芸若有所指的看向童胤恒，「不過童子軍……」

「我沒問題！」童胤恒坐直身子，把剩下的珍奶一飲而盡。

又是甜食又是香腸，這種補充能量的方式快速有效，沒有什麼過不去的，而且只要能離開這裡，他應該就可恢復ＨＰ。

簡子芸事先已經查過路線，大家跟著走便是，擁擠的火車車廂裡滿滿的人面魚，這算是一種非常奇特的景象，明明是都市傳說，但是大家卻當成一種珍奇觀賞物，甚至不惜買回家「觀賞」。

啪啪，魚兒們在塑膠袋裡掙扎或游動，發出的啪啪聲都令簡子芸不太自在，有人垂著手拎袋子，游動的魚還會打到她的腿。

康晉翊巧妙的與她換位，讓她隔在汪聿芃與自己中間，身後是小蛙跟蔡志友，這樣她就不怕被魚影響了。

「謝謝。」她有點難為情。

「不會。」康晉翊溫柔的笑著，簡子芸的細膩敏感他知道。

之前她曾遭逢都市傳說的「收藏家」，被活埋而衍生幽閉恐懼症，好不容易走出來，但原本就細膩的她變得更加敏感，她沒有因此討厭都市傳說，而是懷著更加敬畏的心態。

人面魚真的有點噁爛，可以想見她的不快，後頭的小蛙他們也都知道，主動上前擋著。

大家讓童胤恒靠著牆，因為他臉色依然不好看，汪聿芃則是拎著那雙大眼，四處張望，彷彿在跟每一隻能對到眼的人面魚打招呼似的，偶爾笑、偶爾做鬼臉，不知道的還以為她在逗小孩。

「拜託！」童胤恒動手箝住她的下巴轉向自己，「妳視線能不能只看著我？」

喔喔喔喔喔！旁邊的蔡志友跟小蛙兩眼發直，這是哪門子肉麻的對話？為什麼他們可以說得這麼自然啊啊？

「唔……」汪聿芃兩頰肉都被掐進去了，噘起嘴一臉無辜，「爲什麼？」

「妳少看那些東西。」童胤恒帶著厭煩的唸著，「我覺得看久了不好。」

「說不定我可以看到什麼。」她當然有她的想法。

「我就怕妳看出什麼，然後這整個車廂又開始說話。」童胤恒繞半天當然是爲了自己，「這裡面超多隻的，牠們再一起開口——」

「就看著你。」汪聿芃專注的望著他，保證不再亂看。

哎唷！拜託……小蛙誇張的打了個哆嗦，舉起手臂看著自己的雞皮疙瘩，這個人爲什麼可以說出這麼曖昧的話，然後只是在討論不想被都市傳說騷擾啊？

「太嚴重了。」蔡志友低聲笑著，「他們只著重在都市傳說。」

「都市傳說癌了。」小蛙只能無奈聳聳肩，大家都有，病情輕重而已。最嚴重的那個，自己直接變成都市傳說的一部分了。

好不容易到站，此時火車車廂裡已經剩下寥寥無幾的人面魚們，小孩捧著魚左看右看，好奇的不知道到底該看哪張臉。

從火車轉搭地鐵數站後抵達，吳先生的餐廳離地鐵挺近的，步行不過五分鐘，簡子芸時間拿捏得剛剛好，他們抵達餐廳外時，時間是一點五十分左右，不過餐廳裡完全客滿，看來也是不少「慕名而來」的客人們。

「抱歉！我們兩點休息喔！」一踏進餐廳，櫃檯人員趕緊解釋，「還是外帶？」

「我們來找一位吳進昌先生。」康晉翊代表詢問。

「喔！」櫃檯露出不耐煩，「記者嗎？我跟你說，他在工作，不要上班時來吵我們！」

「我們可以等他下班，就你們營業時間結束。」簡子芸溫柔的接著繼續說著，「我們有非常非常重要、跟人面魚有關的事要跟他說。」

「你們實在是……你們在旁邊等好了，坐在角落那邊，我去問問。」櫃檯的確不太高興，看來這幾天的人潮也讓他們多少不滿。

康晉翊帶大家到所謂的角落去等待，意外的在那兒也看到一位打扮時髦的大波浪捲女孩，她微微頷首，看來也是來等吳先生，記者嗎？

沒多久就看見那位吳先生出來，一堆客人搶著問他問題，跟他合照，最後才滿意的離店；童胤恒留意到牆上有著手寫的海報，寫著「限量新菜・夢幻魚」，而杯盤狼藉的桌上，桌桌都有一樣的盤子與魚骨。

客人陸續走光，服務人員火速的收拾桌面，廚房裡正吆喝著，吳進昌朝他們這兒打個招呼，但也無法多說什麼，又跑進廚房忙去了。

「如果因爲他讓店裡生意變好，櫃檯沒必要擺臭臉吧？」蔡志友看著櫃檯小哥不是很爽，不時朝他們這裡瞪。

「生意好又沒加他錢，人都是自私的啦！」小蛙咕了聲，「除非老闆說分紅什麼的，不然我也覺得幹，來越多人我越累，我何必？所以我做外送算件有抽成好嗎！」

「啊店家生意不好，如果不請他了不是更糟？」

「他去找別份工作就好了，又不是只有這裡能做！」童胤恒輕笑出聲，「現在大家多半都只想自己，其他就甭管了！」

終於，吳進昌從裡面跑了出來。

「對不起對不起，今天很忙……」結果他一路衝向大家左手邊的那位正妹，「我沒想到妳會來，嚇我一跳！」

女孩立刻站起，「你上新聞了，想說來看看你，一陣子沒聯繫了。」

「對啊，好幾年了。」吳進昌有點尷尬，這時才瞄到一旁另有六雙盯著他的眼睛，「呃，幾位是……」

「您好，我們是大學生，都市傳說社。」康晉翊一字字說，就怕他聽不清楚，「因爲您是發現人面魚的人，想請教您一些問題。」

「噢，都……都市傳說社！」吳進昌臉上笑容盡褪，是抽著嘴角說的。

「哦～你知道我們社團！」汪聿芃雙眼一亮，即刻跳上前，「你聽過都市傳說社對不對？」

女孩眉頭深鎖，「A大的都市傳說社嗎？」

「咦！你們知道！」六個人開心得喜出望外，簡直異口同聲啊！

吳進昌又嚥了口口水，眼尾往女孩瞄去，到底誰會沒聽過「都市傳說社」啊！他們就同一個年代的啊！

大學時，所謂的「A大都市傳說社」那簡直是有名到炸，討論度第一，也佔盡新聞版面，什麼紅衣小女孩、裂嘴女、試衣間，後來還進入了如月車站！這幾個月「都市傳說社」的名字捲土重來，收藏家、你是誰、還SD卡事件是才發生不久的事而已，還牽扯到連環車禍！

「是，您好。」康晉翊難掩興奮，跟知道的談就方便了，「可以打擾嗎？」

「呃……」吳進昌有點不方便的回頭，服務人員正自廚房端著菜出來，看來是員工用餐時間，「我去問一下。」

「小吳！幫你另外盛了菜！」最後走出來一位揮汗如雨的廚師，「你跟你朋友坐一桌吧！」

「謝謝！謝謝師父！」吳進昌開心的一鞠躬再鞠躬，正首看向他們，「等我一下，我準備餐具！」

「吳進昌，我不是來吃……」女孩想說什麼，但吳進昌已經回身奔入後場了。

五分鐘後，大家被招呼坐在大圓桌上，雖說一桌子的菜，但其實也只夠吳進

昌一個人吃，不過桌子正中央卻擺了一大盤魚，簡子芸看了直絞雙手，反胃感油然而生。

那時髦女孩站在桌邊坐不下來，看著那尾魚目瞪口呆，「吳進昌？」

「來，妍雪，坐下來，這我請的！」吳進昌壓低聲音，「老闆說可以招待！」

「這是……人面魚嗎？」宋妍雪嚴肅的瞪著那盤上面淋滿勾芡青菜的魚。

「不是不是！」吳進昌按捺大家坐下，「我跟你們說，這是我那天在保護區吃到的口味，回來加以改良，老師傅們也調了好幾次味道，就成為本店全新菜色，銷魂夢幻魚！」

「銷魂……」汪聿芃望著那條魚，黑嘛嘛的，倒是上面的薄芡因富含青菜，顯得五彩繽紛。

「肉質我盡量找類似的了，但夢幻魚的口感眞的無可比擬，要吃過才會知道。」吳進昌邊說又露出一臉陶醉，「而且喔，我還是唯一吃到夢幻魚的。」

「那天錄完影後，那條魚怎麼處理？」康晉翊抓到空隙，趕緊追問。

「啊……領隊跟嚮導立刻跑過來，我也不敢再吃，原民說不吉利，領隊就趕緊把魚端走，另外再做一條給我們吃。」吳進昌有些惋惜，「補給我們的那條魚大家也不敢吃，誰都怕吃到一半魚又說了話，還是我膽子比較大，我想嘗嘗他們的料理方式。」

「所以後來那條魚還有再說話嗎？」簡子芸把錄音筆擱上桌。

「沒！眞的沒有再說話，就我公佈那段影片，後來我們不管怎麼對那條魚錄影，牠就是沒開過口。」吳進昌拿出手機，「不過魚身上就是張立體的人臉，不管怎樣就沒說話，所以大家才會覺得我造假！」

大家好奇的傳遞著手機，其實就跟新聞報的一樣，吳進昌把資料都給了記者，無一缺漏。

一旁的女孩對照片不感興趣，只瞅著吳進昌。

「那個聲音，」她突然出聲，「你沒聽出來嗎？」

吳進昌臉色不變，突然變得相當嚴肅的頷首，「我一開始眞沒聽出來，是後來反覆看時才想起來。」

桌下的簡子芸戳著同伴的腳，要大家停止討論，仔細聽對面的說話，他們也提到了人面魚的聲音！

「她也是在湖邊失蹤的，會不會……」宋妍雪有些難受，「我知道這麼想很奇怪，但那個聲音我永遠忘不了。」

「我知道！但妳這聯想太誇張了，那是一條魚，而且妳看過照片吧？那不是她的模樣。」吳進昌湊近女孩，「妳總不會說她變成魚吧？被釣上來還被煮熟了？」

「我不知道，但一聽到那個聲音我就慌了。」宋妍雪緊皺起眉，瞪著眼前那盤魚，「如果是的話……」

「不可能是！」吳進昌斬釘截鐵，「妳現在要跟我說人變成魚的故事嗎？好歹也要大條一點，是隻美人魚啊！」

汪聿芃突然朝童胤恒揚起笑容，看吧看吧，美人魚！

宋妍雪沒好氣的白了他一眼，「都什麼時候了你還在開玩笑？」

「哎唷，輕鬆點吧，都這麼久沒見了，難得妳來看我，不提那些不愉快！」吳進昌立刻招呼大家，「不用客氣，吃吃看我們的新品！邊吃邊聊！邊吃邊聊！」

簡子芸直覺就是不想吃，可身邊的汪聿芃已經拿起筷子——童胤恒飛快的伸手壓住她，等一下，先等主人吧！

好香，汪聿芃盯著那條魚，飢腸轆轆，一整天她才吃了那條香腸耶……咕嚕咕嚕咕嚕……

響亮叫聲居然從最高大的蔡志友肚子傳來，他尷尬的朝著大家笑，這種聲音藏不了，他沒辦法啊！

「餓了喔！這時來吃我們家夢幻魚最好了！來！」吳進昌主動起身，準備為大家開始夾魚肉，「宋妍雪，我記得妳喜歡吃魚肚吧？」

「我自己來吧。」宋妍雪起身，「我夾魚分魚可是比你強的！」

「拜託，那是以前！我餐飲專科耶！」吳進昌得意的高昂起下巴，「我現在好歹是二廚了！」

「還是讓我來吧！我習慣了！」女孩跟著一抹苦笑，「是啊，都這麼多年過去了……你有在跟其他人聯絡嗎？」

這話題似比人面魚還嚴肅，吳進昌的笑容完全消失，還顯得有些侷促不安，勾起的笑都甚為勉強，「沒有，我們連社群都沒加，不是嗎？」

女孩點頭，眉宇之間都是悲傷，一手筷子一手湯匙的開始分魚，第一筷刺入了魚肚分開，第二筷戳進魚身時卻突然頓了住。

喀。

「裡面有東西？」她用筷子戳了戳，真的有硬物在裡面。

「不可能，我們肚子都清乾淨了。」吳進昌嚴肅的說著，「肚子內臟全部掏得乾乾淨淨。」

童胤恒看著下筷的地方，「那不是肚子。」

是啊，女孩下筷的地方是肚子靠中間之處，並非掏洗乾淨的腹部，宋妍雪動用湯匙將那部分拿起，因著內部可能有東西，所以她率先擱進自己盤裡。

吳進昌緊張的湊過去看，見宋妍雪仔細的撥開上面的菜羹，再撥開魚皮……

沒有，所以她索性把魚肉給分開了。

「只要能吃，這塊我吃了。」她先聲明，總不好讓大家吃碎魚肉。

魚肉分開的瞬間，藏在裡面的東西即刻外顯，一枚散發著銀光的戒指，就躺在魚肉堆裡。

「戒指？」也好奇站起身的汪聿芃忍不住驚呼出聲，「魚裡面有戒指啊？」

餐廳廚師早就聞聲跑過來瞧，卻見宋妍雪動也不動，用一種驚恐的眼神看著那露出一小截的銀色戒指。

連吳進昌也都僵在原地，兩眼發直瞪著戒指，這份詭異氣氛讓桌上的人們交換眼神，不過另一桌的廚師倒是繞到女孩右手邊主動把魚肉再撥開一些。

「還眞的是戒指……這還不是肚子耶！」老廚師嘖嘖稱奇，「是在魚身體裡的，看！是枚貨眞價實的戒指！」

老廚師俐落的以筷子夾起那枚銀戒，戒指不寬，上頭有些浮雕圖案，中間有顆鑽石，看起來只是少女的飾品玩意兒。他高高舉起，好讓眾人都瞧得見。

「呀──」宋妍雪驀地一聲尖叫，用力的把筷子丟回桌面，像活見鬼似的踉蹌後退，驚恐萬分的看著那戒指，「不可能！那不可能──」

這是近乎歇斯底里的叫聲。

所有人都被她嚇到了，吳進昌卻跟雕像般的坐著，嘴裡喃喃著一樣的話語：

不可能不可能。

蔡志友饒富興味的望著他們，也跟那位小女友上車前不停重複的話一樣……

「要不要賭，他們跟我們上午遇到的小情侶可能有共同朋友。」他往身邊的小蛙一問。

小蛙半聲不吭，直接從口袋掏出一百，擱在桌上。

簡子芸趁機給白眼，什麼時候了還賭！

「吳進昌，你告訴我，那不是那枚戒指！」宋妍雪已經退離桌邊至少五公尺遠了，情緒激動異常，「我求求你告訴我！」

吳進昌的手抖得活像帕金森氏症，伸手向著老廚師，這氛圍太怪了，老廚師狐疑的鬆開筷子，好讓戒指落進他的手掌心裡。

銀色的戒指簡單樸實，他抖著手抹去殘餘的汁液及魚肉，要看的是內圈，內圈是不是刻著——吳進昌臉色瞬間刷白，倏地抬頭看向女孩。

什麼話都不必說，大家都知道答案了。

『除非湖水把戒指還給我，否則我們不可能和好！斷交一輩子！』

湖水，把戒指還給她了。

第四章
我回來了喔

近十年前那晚，月明星燦，湖水倒映著寶藍色的天，即使幾分醉意，但他也記得那枚戒指落入水中的情景。

若非夜深人靜根本聽不到的聲響，脆弱得如同她們之間的友情。

外型亮麗的女孩叫宋妍雪，她難以平復激動的心緒，完全不敢坐擺放魚的桌邊，而是回到了剛剛等待吳進昌的角落候位區，那雙想要併攏的腳抖得嚴重，無法克制。

吳進昌將那枚戒指拿去清洗乾淨，腦袋一片空白的坐在桌上，盯著那枚戒指不放。

餐廳其他員工都默默在自己那桌吃飯，吃飽了便收拾，誰也不敢打擾，老闆交代他們各自回去休息時，吳進昌才回神的說他會負責關門。

筷子再夾了一大塊魚進盤裡，汪聿芃好吃到舔舔唇，圓瞠雙眼示意身邊的童胤恒快點吃啊，真的很好吃！她還豎起大姆指以示稱讚！

整桌只有汪聿芃在吃飯，而且只吃那尾藏著戒指的魚。

「有沒有可能是植入的？」蔡志友立即科學魂上身，「將戒指放進魚裡？」

咦？吳進昌驀地抬首，看向左側的學生。

「我剛也在想這個可能，因爲料理過程也不會留意，而且魚本來就會劃刀，巧妙一點藏進去就可以了。」康晉翊也同意這個猜測，「煮熟後淋上菜羹，根本

看不出來？」

「不過生魚肉這麼好挖洞藏東西嗎？」簡子芸提出反證，「生魚片可比熟魚的肉紮實多了！」

「硬要做還是可以啦！你看劃刀劃在這裡跟……厚，外星女妳很會吃耶！」小蛙起身想比劃，結果這半面已經快被汪聿芃吃掉了，「中間的魚肉也有五公分寬，我拿刀尖挖個洞，再藏戒指進去，輕而易舉！」

「所以，魚是誰處理的？」童胤恒即刻問向吳進昌。

吳進昌臉色很難看，眉頭始終深鎖，「這已經不是藏不藏的問題了，重點是這枚戒指是怎麼來的？」

呃……簡子芸仔細看了那枚戒指，是有些巧思，但老實說看起來還是挺樸素的，不見什麼極大特色。

「我可以看嗎？」康晉翊大膽請求。

吳進昌點點頭，再抬頭往右邊遠方的宋妍雪看去，她依然高聳雙肩，盯著地板發抖。

戒指外表倒沒什麼，但裡面刻著「**Rose & Snow**」，這就令人驚訝了，康晉翊臉色透露出不對，將戒指傳下去。

刻寫名字的戒指，具特定意義啊……簡子芸望著宋妍雪，這是讓她嚇成這樣的起因？

「這是她的戒指嗎？」童胤恒瞇起眼打量後詢問，「照你的說法，這枚戒指很難拿到？之前在誰手上……不是在你們兩個那兒吧？所以才會這麼激動？」

「我丟掉了！我丟了！」下一秒，宋妍雪居然跳起來，「吳進昌你也是親眼看到的，我真的扔出去了！」

「我知道！」吳進昌跟著回吼一聲，神情痛苦的再度回望著正傳到小蛙手上的戒指，「幹，我知道……」

汪聿芃突然哦了一聲，「所以是妳丟掉的戒指又回來了，該不會是丟進大海的吧！」

喝！宋妍雪顫了一下身子，僵硬驚恐的看向汪聿芃，緊接著別過頭，「不可能不可能……」

「她丟進湖裡，我們都親眼所見，那是不可能撈得到的。」吳進昌神色凝重，「這都八年前的事情了，我跟宋妍雪也八年不見了，自從那件事後我們都沒有聯繫過，如果是有人要藏戒指……誰會這麼做？還得先知道宋妍雪今天會來？」

康晉翊雙眼閃過異樣光芒，都市傳說，不好說。

「好啦，就算是是八年前丟掉的戒指，也不至於這麼激動吧？」小蛙看著那

個還在發抖的宋妍雪，「失而復得不是應該很開心嗎？」

「你懂什麼！我不要那枚戒指了，它不能回來！」宋妍雪指向小蛙，「你要你拿去啊！」

「這又不是我的！」小蛙朝左邊一拋，蔡志友接過。

「**Rose & Snow**，妳是**Snow**吧？我記得吳先生叫妳妍雪，所以Rose是誰？」蔡志友瞥了眼吳進昌，「千萬別告訴我你叫玫瑰。」

噗……汪聿芃忍不住噗哧，童胤恒在桌上輕戳了她，現在什麼氣氛啊還笑。

Rose，李玫妮，那個久遠且塵封在他們記憶裡的名字。

「我想是某個失蹤的女孩吧，不是在海邊就是湖邊，總之跟水有關，已經失蹤好幾年了，但找不到就不能視為死亡。」康晉翊緩緩的道出，「吳先生拍到的那條人面魚說話的聲音跟她一模一樣，所以才引發這麼大的情緒。」

吳進昌倒抽一口氣，不可思議的看向康晉翊。

「為什麼會知道……人面魚是都市傳說，但你們為什麼會知道李玫妮的事？」

李玫妮嗎？有個玫字，果然是玫瑰，簡子芸在心底暗暗記下。

「因為我們早上去汙染聖地朝聖了，那邊一大堆螢光色的人面魚，巧遇一對男女朋友在吵架，男友提到了人面魚的說話聲音是前女友，然後他們想找一條擁有某張臉的人面魚。」簡子芸說得輕柔，但吳進昌的臉色卻益發慘白。

童胤恒看向遠處的宋妍雪，她也不可思議的瞠目結舌。

「誰？你們遇到誰了？」她再度站起，雙腳依然抖得嚴重。

「一個叫什麼伯的，很奇怪叫自己的男友阿伯，新伯吧！」汪聿芃終於滿意的放下筷子，「女孩叫方宜，就這樣唸。」

吳進昌一陣驚愕，略前傾，「鄭鑫柏？黃芳儀？妳剛說是男女朋友？」

「這確定的，親暱程度就是情人。」康晉翊相當肯定，「看來果然認識，我有錄影你要看一下嗎？」

康晉翊出示了鄭鑫柏突然聽見人面魚說話後的影像，此時蔡志友得意的把桌上的兩百塊收起來。

「對！是他們！宋妍雪，是他們！」吳進昌再次向遠方喊話。

「他們還有聯繫……不對，他們居然在一起了！」宋妍雪略往前兩步，「我的天哪！」

「有點驚訝……噢，對，我們認識。」吳進昌點點頭，「但也八年沒有聯繫了。」

童胤恒聽著，聽出些詭異的端倪。

「失蹤的玫瑰，是不是八年前的事？因為你們一直提到八年、八年沒聯絡、上次見面是八年前、戒指丟了八年，同一件事吧？」童胤恒口吻倒是誠懇，「如

果人面魚的聲音跟那位玫瑰很像，我想請你們告知原委，說不定人面魚的出現眞的跟玫瑰有關。」

「不會的——」宋妍雪再度歇斯底里的尖叫，雙手掩耳，「我不要！不要聽！啊啊……」

她哭喊著，聲音轉而哽咽，痛苦不堪的蹲下身去，趴在椅子上低泣，簡子芸不忍的站起想要去安慰她，卻被吳進昌阻止。

他凝重的搖搖頭，那不是外人能安慰得了的。

「八年前我們七人一起去畢旅，有天晚上喝了酒後大家起口角，過程我其實記不清，但那天晚上大家都喝超多，只記得集體跟李玫妮斷交，宋妍雪把那枚象徵友誼的對戒丟進湖裡，接著我們回小木屋睡覺……但那天之後，跑掉的李玫妮都沒有再回來。」

『你們不要後悔。』

這是李玫妮含著淚，忿忿瞪著大家說的最後一句話。

她轉身跑入夜色中，吳進昌還記得他拿酒瓶朝她背後扔去，咒罵她噁心卑鄙，瓶子好像還眞的有砸到她，她回身罵了句髒話，繼續奔離。

沒有燈的原始自然區，模糊的背影是大家最後的記憶。

陳明軒來找他們的記憶也是片段的，不是每個人都記得清晰，大家醒來時已是隔日中午，還是被陳明軒叫醒的，他慌張的說李玫妮徹夜未歸，而且他找遍了園區都沒找到她。

這時的大家神智不清醒，也還在氣頭上，根本不想理他。

「我記得妳那時還說管她去死，這麼大的人了，躲起來想博取同情嗎？」吳進昌看向宋妍雪，他記得很清楚。

宋妍雪緊收下顎的咬著牙，「她是會做那種事的人。」

「我知道，我也這麼認爲，所以大家覺得陳明軒大驚小怪，只想繼續睡，然後我們之中最溫和的陳明軒就爆炸了。」吳進昌冷笑著，「看著好好先生的他咆哮，怒罵我們冷血，認定冬天卻徹夜未歸的李玫妮一定是出事了……結果，呵呵，鄭鑫柏還嘲弄他，是不是早就喜歡李玫妮，早說他可以讓給他……」

當時的陳明軒不再說話，揹起早整理好的背包便奪門而出。

他衝出去後，周彩薇還罵他神經病，倒頭就想繼續睡，可氣氛太糟，鬧騰後大家也都清醒了，所以只好起身輪流梳洗準備回家；離開小木屋時，卻發現陳明軒竟報了警，警方開始搜索園區，大家才意識到似乎眞有那麼一回事。

「但我們最後都趕著回家，就怕要做筆錄麻煩，大家都不想管這件事，總覺得李玫妮只是躲在某個地方，說不定早就自行回家了。」吳進昌無奈的笑著，「但，躲到現在也太厲害了是吧？」

誰曉得李玫妮就眞的再也沒出現過。

「你們覺得她先回家了，她的行李還在嗎？」蔡志友聽得不太爽快，吳進昌點點頭，「行李都在，還會認爲她回家了？」

「李玫妮是這樣的人，她只要身上有錢，直接回家都不是意外之事。」遙遠的宋妍雪冷冷開口，「這也不是第一次了。」

「好吧，所以你們的同學就是失蹤了，我想也打撈過了，沒結果對吧？」康晉翊接著詢問，「你們就因此拆夥了？」

吳進昌頷首，「她正式宣告失蹤後大家都很震驚，聚在一起就會想起那天的事，搞得像是我們害李玫妮失蹤一樣……」

「就是啊。」汪聿芃插嘴，「不然你們以爲是誰啊？」

吳進昌難爲情的扁了嘴，「對，所以我們連朋友都做不下去，自然就斷了，第一個退出群組的是陳明軒，接著是宋妍雪……後來大家心知肚明，也就不再聯繫了。」

「換句話說，人面魚讓你們再度聯絡囉？」汪聿芃再度開口，「如果是都市傳說，那我覺得這枚戒指就是刻意還給你們的！」

宋妍雪緊握雙拳，僵硬的瞪著汪聿芃。

「這枚戒指還有什麼含意？至於這麼害怕？」簡子芸瞇起眼，打量著宋妍雪，「我覺得不是丟掉或象徵友情這麼簡單……」

吳進昌瞥了一眼宋妍雪的背影，欲言又止，「她丟掉戒指時說，除非湖水把戒指還給我，否則我們不可能和好！斷交一輩子！」

喔喔，原來有發誓！

果然戒指是祭品的概念啊！所以她看到戒指才會這麼緊張，童胤恒嘆了口氣，從聽得見聲音開始，就知道這鐵定是都市傳說，現在只怕都繫在這幾個人身上了。

「我知道人面魚是都市傳說對吧，我也查過了，但這不會有什麼事的！」吳進昌自己都說得結巴，看起來也不具多少信心。

「一張SD卡都可能有狀況，我們也不敢大意，尤其在你們可能認識人面魚的前提下……」康晉翊盡可能說得婉轉，「今天早上那對情侶也很緊張，你剛說你們七人，要不要考慮……聯絡一下了？」

吳進昌擰著眉點頭，站起朝向宋妍雪，「宋妍雪，妳還有跟……」

「我不想！我不要……」她驚恐退後著，手足無措得不知該怎麼辦，「你們出現是爲什麼？你只是吃到了一條人面魚，我、我的戒指……天哪！」

吳進昌還是沒上前，任宋妍雪那邊低吼著，這是誰都無能爲力的事，她需要發洩，發洩完就沒事了。

「互加一下好友如何？萬一有事可以聯繫。」簡子芸上前，她永遠是溫柔的、調節氣氛的人，「我們雖然只是社團，但畢竟接觸過都市傳說，會盡量幫你們。」

「倒是不必謙虛，我們都知道都市傳說社。」吳進昌苦笑。

他很快的與簡子芸交換聯繫方式，而她也即刻開了一個人面魚群組，把所有人都拉進去。

「再一個問題，」童胤恒嚴肅的走來，朗聲就怕宋妍雪聽不見，「當初是為什麼斷交的？你們有沒有說過什麼？」

吳進昌面露緊張，張嘴像是要說什麼，但是又遲疑了，不安的看向宋妍雪，那女孩卻朝他搖頭。

「那是我們的私事，也不重要。」她像是做足心理準備似的大膽往這兒走來，「我們都知道都市傳說社，但是我覺得……人面魚的事不能確定與我們相關。」

典型逃避心態，「都市傳說社」一眾人都沒回應她，全體擺出不意外的臉。

「宋妍雪，妳還有跟誰有聯繫嗎？」吳進昌比較理智點，「不管怎樣，如果連鄭鑫柏他們都聽出來了，我不信周彩薇跟陳明軒他們不知道。」

「沒有聯繫的必要。」她嘴上這麼說，實則很猶豫，「帳號沒換的話，應該還是找得到啦！」

「打擾了。」康晉翊起身，暗示大家差不多該走了。

汪聿芃吃飽喝足，擦擦嘴，「吳先生，這魚眞的好吃！」

吳進昌有些轉不過來，轉頭看著汪聿芃豎起大姆指，這才露出欣慰的笑容，「謝謝！有空歡迎來吃啊！找我，有打折。」

「好哇！」她答應得倒是爽快。

大家禮貌的道別，也請他們兩個如果再遇到任何異狀的話，記得聯繫他們，宋妍雪面露愁容不太搭理他們，吳進昌倒是送他們到門口。

「這個戒指……」汪聿芃掌心上放著那小巧戒指，才打直，裡頭的人嚇著似的後退。

「先、可以先放你們那邊嗎？」宋妍雪擰著眉。

嗯……汪聿芃點點頭，無所謂的收起。

「那個，我還是想確認一下……」吳進昌不安的問著康晉翊，「人面魚，沒有別種都市傳說吧？」

康晉翊乾笑著，「都市傳說……沒有原因沒有邏輯，變化更是家常便飯，你想想現在汙染地出現的螢光多彩人面魚，不就跟過去的人面魚不同了嗎？」

吳進昌啞然，聽了唯有更加心慌。

「這次鐵定不一樣啦！」汪聿芃上前一步，輕快的說著，「你們的友誼要復

合了！」

什麼！在後方的宋妍雪瞪圓雙眼，吳進昌也一口氣上不來，那個女孩在說什麼⁉

「什麼復合？我跟她……」

「她回來了。」汪聿芃認眞的越過吳進昌，望進宋妍雪的眼底，「戒指都還給妳了，這不是妳發的誓嗎？」

她回來了！

拎著菜籃，女子從架上拿下一顆高麗菜反覆端詳，看起來不錯又在特價，她便把高麗菜放進了籃子裡。

再買幾根紅蘿蔔吧！家裡冰箱差不多空了，的確是要添購補貨的時候了！走在偌大的超市裡，中間的台子擺放了水果山，她也上前買了好些個橘子。

手機響起，她抽空從口袋裡拿起來看，是簡訊，該不會又是什麼促銷……女子定了住，看著出現在螢幕中間的小視窗，有些不敢相信傳訊息的對象名字：「宋妍雪」。

既熟悉又陌生的名字啊，幾年沒聯繫了呢？那時大家才高中畢業，轉眼她都在職場幾年了，這名字始終在電話簿裡，但是他們沒有任何社群、不再說過一句話，彷彿陌路人。

李玟妮的失蹤，間接摧毀了他們的友情，誰都不想見面，看見對方就想到可能是他們害那傢伙下落不明。

為什麼是現在？她按下電源鍵關上螢幕，把手機塞回口袋裡，匆匆提著籃子繼續逛，很想忽略這件事，但腦子裡卻不停的在運行：因為吳進昌出現電視上，因為他吃到了人面魚。

她覺得那是假的，她不明白吳進昌大費周章搞這件事要做什麼？那天晚上他罵李玟妮罵得最難聽，事隔八年突然良心發現了嗎？找一群臨演來配合他，吃什麼夢幻魚？然後再找個音質相近的人配音——對！那個聲音實在是像透李玟妮了！

連著三句『**魚肉好呷嘸**』，聽一百遍她都會覺得那就是李玟妮的聲音！

他拍下的那魚噁心到爆，彷彿魚皮下塞了一張人臉，硬擠出來浮在魚身上，但那張臉不是李玟妮的，扭曲又醜陋，誰會長那樣？

不過如果這是吳進昌刻意的惡作劇，她卻無法解釋現在那條汙染、河川裡產生的大量人面魚又是什麼東西。

終於走到了海鮮區，她下意識有點遲疑，放慢了腳步。

「別亂想，那些人面魚都是工業汙染，怎麼可能擺在這裡賣。」她提醒著自己，那種顏色一看就不正常，不可能在超市出現！

隨意挑了盒薄切魚片，眼神卻忍不住往一旁的鮮魚區看去，鱸魚、烏魚，好端端的躺在保麗龍盒裡，外頭包覆一層保鮮膜，上面還貼著本日特價六折……她自嘲的輕笑，六折不買太對不起自己了。

抓兩盒放進籃子裡，向左瞥去，赫見活魚區的數個大魚缸裡，所有的魚竟都向著她！

女子愣住了，她僵硬著身子緩緩向左方轉動，這是個轉角，這一區整個轉角滿佈六個大魚缸，有魚類有蝦蟹，但所有的魚真的都在水裡，直直面對著她。

「這什麼……」她不安的左轉想快速離開這水族箱，但眼尾一瞥，發現那些魚居然跟著她移動！

跟著她啊！她往前走，在遠處的魚就真的緩速往前游，女子驚恐的停下回頭，奇景仍在，所有的魚也目不轉睛的盯著她！

她不敢再回頭，加快腳步往前走，右手邊是生鮮處理區，如要買活魚，或是在攤上挑肉給工作人員切，全部都在這一區塊處理。

她眼尾忍不住瞥向一旁經過的肉品，豬肉、牛肉、雞肉，然後——尾疊一尾整整齊齊各式魚種躺在碎冰塊上，這些全是當日現殺的鮮魚，均已掏淨內臟，

鮮區 seafood

價格自然比她袋裡的貴了些，但是現在的她根本無心多看一眼，剛剛那些活魚已經讓她嚇到了！

『周彩薇！』

喝！戛然止步。

周彩薇眞的僵住了，彷彿瞬間結凍般，爲什麼有人在喊她的名字!?聲音還是來自那鮮魚區！

而且是那女人的聲音！

她已經刻意遠離鮮魚區至少有兩公尺遠了，戰戰兢兢的回眸望去，視力再差也看得見那密密麻麻的魚身上浮出了立體的五官，像有張臉試圖從魚身上擠出來般的猙獰。

而不遠處那六大魚缸裡的魚們開始劇烈游動拍尾，激起了陣陣水花，賣場人員焦急的奔出查看到底怎麼回事！

『魚肉好呷嘸？』冰上那數十條魚同時開始劇烈扭動，**『哈哈哈，魚肉好呷嘸？』**

啪！以肚向上拱身躍起的魚，直接跳到了地上，用詭異的匍匐姿勢朝著周彩薇前進，啪啪啪！

『我回來了喔！』

第五章
後悔了吧？

「嵐潭失蹤案」，不查不知道，一查簡直是令人暈倒的多，凡是沒撈起的都能算失蹤，問題是這裡實在太多人「失足」或「自殺」，因爲湖水極深又廣，深處滿佈綠藻水草，甚難打撈，早已規定撈四十八小時打撈不到，就會暫時放棄，等待屍身浮起。

幸好浮起的機率還有七成，畢竟屍身一旦開始腫脹就會上浮，到時再撈輕易得多。

不過七成的意義代表還是有三成找不到。

李玟妮便是其中一位。

「八年前失蹤的高中生，朋友間自己的畢旅，結果半夜口角後她負氣離開，就再也沒有回來。」簡子芸唸著舊新聞，「新聞報導一開始只有陳明軒一個人，其他同學都自行離開，後來警方找他們做筆錄時，還串通說詞，沒人提到吵架的事。」

當年這新聞曾經紅個兩天，因爲大家對同學間避重就輕、與先行離去的冷血感到不可思議，許多跟風者批判，不過兩天後恰好出現他們大學的「紅衣小女孩」事件，「都市傳說社」找到失蹤多時的白骨遺體，所以那則消息就此沉沒，也無人在乎。

「就是這樣新聞資料超少，沒價值的新聞沒人要採訪，直到了警方發現學生

說謊，其實他們有吵架，李玫妮才跑掉的。」康晉翊查遍了所有新聞，苦惱得很，「連有沒有撈到這點都沒報，要不是聽他們講，還以為早就有結果了。」

「這眞的說不過去，行李都在，他們還可以直接走人，這叫朋友還是仇人啊？」小蛙為人講義氣，陌生人若一起出去玩，他都做不來這種事。

「他們說那個玫瑰以前也做過這種事，東西沒拿人就走了，所以大家不意外啊！而且，一定不是口角這麼簡單。」蔡志友才不認為，「鐵定是大事，才會吵成這樣。」

大家聚在社團裡吃晚餐，現在這社辦位置太好了，地處偏遠無人打擾，附近完全沒人上課也沒社團，變成他們沒事就能窩的場所。

「沒差啊，反正她回來了！」汪聿芃正津津有味的吃著魚，對，她又叫了清蒸魚便當。

所以簡子芸坐在她的副社長辦公室位子，離茶几越遠越好。

「妳眞敢講，沒看到那天把那兩個說到臉色發青？」童胤恒卻也深表同意，「基本上有四個人都認出同一個聲音，這就不是巧合了。」

「所以事隔八年，那位李玫妮從湖底藉由魚回來了？」康晉翊搔著頭髮，「我說眞的，如果是要報復，變成一隻魚也太鳥了吧？」

如果要算帳，就直接用方法以阿飄之姿回來，還能夠多做一點事啊！變成一隻魚……離不開水就算了，要是能離開還直接被煮了？

「我也覺得有點弱，連隻手都沒有，她想怎麼算帳？」簡子芸忍不住笑出聲，「而且……還有這麼一大堆一樣的人面魚？」

「不一樣喔！每張臉都不同啊！」汪聿芃大力搖頭，「我倒覺得這就是都市傳說，人面魚無預警的出現，李玫妮只是搭個順風車！」

童胤恒即刻彈指，靠著椅子朝向右方辦公桌，「我也這麼覺得，這就是個再度現身的都市傳說，以人面魚爲主，李玫妮剛好在裡面罷了。」

「這也太剛好了吧？」小蛙忍不住翻白眼，「讓吳進昌吃到，再還給宋妍雪戒指？」

「所以是搭車啊！」汪聿芃噘起嘴，睨著小蛙，「順便！」

康晉翊咀嚼著汪聿芃的話，她是以人面魚爲主軸，一個本來就會出現的都市傳說，只不過剛好李玫妮在裡面……做她想做的事。

「人面魚的都市傳說非常單薄，就只是一條被煮熟的魚，但魚身上出現人臉如此而已，背後沒有夾雜任何命案，不過，」簡子芸淺笑，總是有不過，「這個傳說有人再繼續探討，就生出更多的聽說。」

眾人正襟危坐，洗耳恭聽。

「跟民間傳說有關，也跟抓交替有關，眾說紛紜，但萬變不離其宗。」康晉翊嘆了口氣，「湖裡死掉的人太多，不管是懷怨自殺，或是失足，也有人說因為難以發現，所以還變成害人的好地方，總之，水底累積太多怨氣，一有機會，它們就抓人交替。」

「自殺的還抓交替好像有點說不過去吧？」蔡志友皺起眉，當初不要跳不就好了？

「民間傳說就是說湖裡歷史悠久，由魚精管理，人類釣起一隻魚，魚精就拉走一個人類，公平！」簡子芸對這點自然是持保留態度，因為人類捕魚的速度應該快得更多，「所以當初傳聞被釣起的那尾人面魚，就是魚精化身。」

這個倒是令大家張大了嘴巴，魚精啊！這好像是另外一個搆不到的世界了。

「我只是覺得隔八年也太久，這種事需要蘊釀嗎？」蔡志友叉起一顆花枝丸。

「所以我說是順風車。」汪聿芃再次強調，「不然她可能也沒什麼機會回到岸上啊！」

這個邏輯好像也有幾分道理，跟著人面魚一起回來，所以？

「人面魚太多我們現在沒辦法顧，得找個重點，我覺得最危險的是李玫妮，但又不知道他們當年是吵了什麼。」童胤恒揉著太陽穴，「如果只是回來探親的話，可能還好說。」

一屋子人立刻不約而同的搖頭。

「還戒指那個我覺得太毛骨悚然了！你有想過大海會把戒指還給你這件事嗎？」簡子芸說到這兒，啊的一聲，「這個還有另一個民間故事。」

「又一個傳說？」康晉翊也沒聽過這個。

「這是那種鄉野流傳，一般都是勸世作用，但有幾分相像。」簡子芸翻找著手裡的筆記本，「有位貴婦以航運為生，揮霍無度，辦筵席總是浪費，有人勸她節儉，她就拔起手上的紅寶石戒指丟進海裡說，除非大海把戒指還給我，否則我的財富是源源不絕的！」

也太像，一票瞠目結舌！

「該不會跟宋妍雪一樣吧？」童胤恒暗暗哇了聲，「她吃魚時夾到了自己的戒指……」

簡子芸用力的點頭，「對，還是在她奢華的生日宴上親自夾到自己的紅寶石戒指，隔天開始她的船隊遇到颱風、或被洗劫，沒有多久就宣告破產了。」

「我說這機率真的靠北小，戒指丟進湖裡，然後宋妍雪昨天剛好跑去找八年未見的同學，吳進昌還剛好請大家吃魚，再剛好就讓她吃到那枚戒指？」蔡志友微顫的搖搖手指，「我跟你說，剛好乘以三，這真的太玄！」

「所以外星女說這代表友誼恢復，我也覺得很有理。」小蛙嘲諷的一笑，「不過我看他們沒有很想要和好的樣子。」

「所以重點在當初怎麼吵的！」康晉翊瞄向蔡志友，「李玟妮的資料太少了，明天是週六，有沒有可能——」

蔡志友挑高了眉，「又我們跑外務啊？」

「你比較會說話啊！」汪聿芃轉過頭，「而小蛙比較會打架。」

「謝謝妳！」小蛙呿了一聲，「我調班看看，可以的話跟你一起去。」

童胤恒笑看著這哥倆好，想當初蔡志友從科學驗證社加入社團時，小蛙有多討厭他，都說他是臥底，專來搞破壞的，結果現在……兩個人臭味相投，私下都是好友了！

小蛙特立獨行，異常新潮，個性當然是挺嗆的，一臉凶惡加上身上處處刺青，旁人一看不是避之三舍就是不敢輕易招惹；蔡志友人高馬大，熊一般的身形，爲人倒是理智從容，但遇上麻煩時也是挽起袖子一馬當先，本質是相像的。

所以跑腿的事通常都交給他們兩個，小蛙方向感極佳，好歹是做外送的，蔡志友善於聊天與交際，每次都能有所斬獲。

簡子芸纖細，強項在整理資料與文書，康晉翊自知自己屬於文弱型，雖說熟知都市傳說，也能分析，但要像去找李玟妮的家人，萬一被白眼、被趕出來這種狀況，他就不會處理了。

臉皮沒小蛙厚，力氣沒蔡志友大，手段也沒他們兩個強，運動慘輸汪聿芃跟童子軍……唉。

「我呢？」吃飽的汪聿芃高舉起手。

「妳就跟著童子軍好嗎！」康晉翊還沒出聲，小蛙先開口了，「乖乖跟著，少說話。」

「爲什麼？」她不滿的嘟著嘴，「我可是能想到很多的。」

「所以負責想就好了。」簡子芸趕緊接口。

汪聿芃腦子轉得太快太跳，而且太常不按牌理出牌，有時候什麼都不說就衝去做事，大家反而會措手不及，還是交給一個能懂她的就好。

童胤恒人如外號，就是熱心善良的童子軍，他聽得見都市傳說是很好的利器，但是也有危險性，隨時聽見隨時無法動彈，必須有人喚醒他或帶他遠離危險，汪聿芃就是那個保險絲。

「吳進昌說他們聯絡上那對情侶了，周彩薇與陳明軒傳訊去了但未有回應，不過目前找得到的四個人明天七點約在一間早餐店。」康晉翊略挑了眉，「童子軍就跟我們一起去吧。」

「我明天的目的是想知道他們當年吵什麼架，還有沒有什麼隱藏的事。」簡子芸勉強一抹笑，「我現在的心情很矛盾，一直在想這個人面魚會出什麼狀況，一方面又希望什麼事都沒有。」

事情就如當年的都市傳說，停留在吳進昌那一口魚肉之後，就此終止。

「我看著那堆大家帶回家養的螢光彩色人面魚，一點都不覺得會什麼事都沒有。」童胤恒拿起遙控器，新聞繼續強力放送人面魚的報導，「都已經快變觀光產業了。」

取消靜音鈕，記者居然在一般市場前報導。

『在南生河發現嚴重汙染的人面魚群，突然變成炙手可熱的伴手禮，扣除第一批爆斃的魚群後，目前沒有任何魚死亡，而河水仍舊保持著詭異的寶藍色，當地居民搶撈河魚，也全是螢光色，而且每隻魚身上都有清晰可見的人臉。』記者邊說邊走，來到一個攤子前，『現在風潮已經燒向夜市，連普通夜市裡都能買到人面魚了！一個曾令人聞之色變的都市傳說，居然會變成觀光產業，根本令人始料未及。老闆，這些都是人面魚嗎？』

記者問著擺攤的老闆，多個魚缸裡滿載著各式各樣的人面魚。

『嘿呀，正港人面魚，仔細看每張臉都不同，現在都可以讓客人挑選喜歡的臉孔！』老闆拿出相冊，『我們現在都洗出來讓客人挑，這是我們進貨時拍的，又清楚又大張，不然魚在裡面游看不清啊。』

「靠，更專業了！」小蛙眞傻眼，「那天不是才用手機給客人看而已？」

「手機那個是權宜之計，當時事發才幾天，攤商光捕魚都來不及了，沒時間列印機！」

客製相簿。」康晉翊佩服商人的腦子轉得快，「現在速度就快了，而且又有相片列印機！」

『您說挑選喜歡的臉孔？好像客製化啊！』

『也不算啦，臉孔是天生的，每隻魚都不同，但最厲害的是，一條魚的兩面魚身還是同一張臉喔！』老闆興致勃勃的介紹，『昨天在別的地方擺攤，有個小女孩看見人面魚，直接大喊阿嬤咧！』

咦？這讓簡子芸沒來由打了個寒顫。

記者在新聞裡滔滔不絕，電視機前的學生卻變得更加沉默，挑喜歡的長相？親人？

「好像哪邊怪怪的……」童胤恒忍不住喉頭緊窒，「我能在人面魚裡，找到跟我親人一樣的臉？」

「所以我也能找到我叔叔？」小蛙哎唷了聲，「買回家放在魚缸裡養？有點噁耶！」

「那同理可證，」康晉翊深吸了一口氣，「會不會也有跟我們長得一樣的……人面魚？」

這可令所有人起了雞皮疙瘩！哎唷聲此起彼落，紛紛搓著手臂，小蛙更是髒話連連。

「賣鬧！太可怕了！」小蛙頭皮發麻，「拜託有看到也不要跟我說！」

「誰要去看啊！」蔡志友連忙搖頭，「這我眞的不行！」

連汪聿芃眉頭都揪成一團了，她才不要看見一隻有自己臉的人面魚咧！

「爲什麼會有類似的臉？這感覺不太對勁！」康晉翊仔細看著新聞，「這樣每個人是不是就可以去找逝去親人的臉蛋？」

童胤恒深吸了一口氣，「至少這個新聞開始，就給了大家這種想法。」

我深愛的阿公離開了，但如果看到某條人面魚上是阿公的臉呢？是否聯想搞不好是阿公靈魂在魚身上？當然要帶回家，難道放在那邊讓別人買嗎？

「就算是行銷方式，還是讓我渾身不對勁！」簡子芸緊掐著手，「說不定我們不該只注意李玟妮這邊的人面魚。」

「那邊妳管不了的。」蔡志友倒是中肯，「市場多大？我查過那條被汙染的河川非常長，工廠在上游，他們排放廢水，一洩千里超開心，但整條河裡有多少隻魚？被運出去的又有多少？」

「而且事發太快，政府想管制也來不及……而且這眞的能管制嗎？」童胤恒不這麼認爲，畢竟河川不是私人的。

「自由市場，不可能干預限制，最多就是因爲這是汙染魚，用具有毒素來限制……問題是這也沒人吃，大家是拿來觀賞。」康晉翊眉頭緊鎖，「現在如果又扯到親人的臉龐，誰敢說撲殺，就等著沒選票！」

事情變化幾乎在眨眼之間，誰都料不到，原本是都市傳說的人面魚先是由詭異變成觀光，下一秒竟然又成了親人臉孔的替代物，還一整個溫馨起來了咧！

「那我們還是先著重在李玫妮這邊吧，至少是我們能看顧得到的。」簡子芸內心絕對不安，「我真的覺得會出事。」

「我也是。」所有人幾乎異口同聲，這種狀況真的不對勁。

尤其這個是都市傳說啊，世人都忘了？

「這太母湯了！我們在社團網頁上呼籲大家不要買如何？」簡子芸提議，現在許多人都在關注他們社團啊！

「對啊！既然大家都因人面魚格外關注我們社團，我們便有責任，請大家留意人面魚，都市傳說需敬畏，不該購買觀賞！』康晉翊用力點頭，子芸真的非常細心啊！

簡子芸頷首，直接用手機發簡短的文章。

唯一沉默的，是雙手托著雙頰，呆望著電視的汪聿芃。

「看什麼？」童胤恒前傾身子，她那模樣就是有事，眼睛看著電視，但眼神放在是更遙遠的地方。

「嗯？」她略側首看他，果然眼神不對焦，剛不知道神遊到哪裡去了，「我

在想啊，魚，有可能取代人嗎？」

早晨魚市，今天是由吳進昌負責採買，他決定先到市場買魚，接著再去跟大家會面，吃個早餐後再回到餐廳處理食材，他與大家不同，假日才是最忙碌之際，反正他也叫了「都市傳說社」的人，他們也會來。

再亂七八糟的事，都沒有工作重要。

車子停妥，他下車開始跟熟悉的廚師們打招呼，大家每天都在這市場晃，早就都認識了。

「有夠扯！現在連這個市場都買得到人面魚了。」幾個老師傅在後面笑著。

吳進昌聽得卻只是覺得冷汗直冒，不安的一起踏入繁忙嘈雜的市場裡，空氣中滿佈的魚腥味卻是他最熟悉的氣味，所有人都是一早來這兒買新鮮的海鮮回餐廳料理。

遠遠的果然有一攤人滿爲患，大大的手寫招牌就寫著「人面魚」三個字。

「一堆螢光色那個嗎？」吳進昌忍不住眺著。

「對，跟你吃到的那個可差遠了！」廚師們拍拍吳進昌的肩，「你那個才是正港的吧，年輕人也眞厲害，這麼快就弄一個夢幻魚出來了！」

吳進昌謙虛的笑笑，「也沒有，就去山裡吃了一次，那是眞好吃！」

「唉唷，我們幾個也都在談，不過今年夏天的入山名額已經滿了，我們打算明年來去！」廚師們提到夢幻魚個個雙眼發光，「聽你一說喔，不吃一次不行！」

「那還得遇得到！不過就算不是夢幻魚，那水質養出來的魚就是甜！」吳進昌拼了命的稱讚，「有機會師傅們都該去一次！」

「去！怎麼能不去！」不過有人遲疑著，「但要是魚開口說話，我還眞就……」

「不會……不會啦！」吳進昌安慰著，「嚮導都說之前沒遇到，就……就只是偶然吧？」

這麼久了，也才發生過一次……距離之前發生過的都市傳說，也有幾十年了。

「那批不能吃的就是必然了吧！看看那個水……」師傅們嫌惡的搖著頭，「好好的大自然喔，放那個汙水有夠沒良心！」

「昨天那個工廠老闆被收押時還大言不慚，說他帶動商機，在拼經濟咧！」眾人搖頭嘆氣，排放有毒廢水成這樣，還敢講得這麼理直氣壯。

接著大家開始逛市場，紛紛先前往熟識的攤販去，吳進昌採買的也是固定貨

色，餐廳就那些菜，新品夢幻魚因爲肉質特挑，所以由老師傅另請熟識的釣客負責，因爲養殖的肉質不會那麼有勁道，還是野生的好。

其他的菜色，主廚不習慣與某特定廠商叫貨，希望廚師們都能親自到市場挑貨，如此也是練經驗。

吳進昌一一挑菜，再四處看新鮮的蝦，眼神卻忍不住直往人面魚的攤商望去，他當然知道那不是那天他吃到的魚，可是這麼多具人臉的魚出現，他自己也覺得不安。

尤其，鄭鑫柏竟認爲可以找到跟李玟妮相同臉孔的人面魚時，他眞的一股寒意從背脊涼到腳底。

八年了，聯繫上同學卻是輕而易舉。因爲每個人都深陷在恐慌之中，李玟妮的聲音太眞切了，幾乎大家都一致認定是她！

「就這些！秤一下！」吳進昌瞥到一旁的魚，「這今天的喔，多少？」

「剛進的喔，很新鮮！」攤販把其中幾尾分開，「這邊的比較好，一斤差十塊，怎麼樣？」

看著那幾尾新鮮的魚，店內也有非夢幻魚的菜單，吳進昌一口氣就包了一半。

「冰塊幫我用多一點，我沒有要直接回去，保鮮！」吳進昌交代著，他買的魚剛好一箱。

「沒問題！」魚販上下層都放入大量冰塊，再將箱子封好。

吳進昌將一箱魚擱上拖板車最上頭，算算差不多都買齊了，恰好看見一個女人興奮的拎著一條彩色的人面魚離開，眼角拭淚，激動得抽抽噎噎。

「別哭了！不是買到了！」身邊的應該是老公，正安慰著她，「這跟媽眞的一模一樣！」

咦！吳進昌打了個寒顫，瞧著女人手裡拎著的彩色人面魚，上面眞的是一張有點滄桑的婦人臉孔——他們在買跟自己母親一樣臉龐的人面魚嗎？

這多……吳進昌不想去想，難道眞的有條李玟妮的魚等著他們……不不不！不管李玟妮發生什麼事，他們都不是加害者啊！

匆匆的把貨裝上車，他開的車是六人座，把後頭椅背壓平就成了載貨空間，兩旁放著袋子，保麗龍箱擱在正中央。

「喂？是，我剛買完食材，我這就過去了！」才放好鄭鑫柏就打來了，「我們約七點耶大哥，怎麼幾年不見你變這麼神經質啊，先吃早餐啦！」

『啊你說的那些都市傳說社的長怎樣？』

「長……厚，你很煩，我跟你說，到時你就知道！」他哪知道怎麼形容，

「我要掛了！等會兒見。」

『好啦好啦！』鄭鑫柏喊了一聲，『你倒都沒什麼變。』

吳進昌笑著切斷電話，這兒到他約的早餐店還得二十分鐘左右，現在也才六點半，以前的鄭鑫柏是個遲到大王，從來都是女孩子在等他的，慵懶的類型，眾人還戲稱他屬貓呢。

八年啊，果然每個人都不同了。

繫好安全帶，他把手機架妥，點開導航，遲疑幾秒後，決定從手機裡再調出那天他在保護區拍下的影片。

砰砰！有人突然從另一邊拍著車門，「吳仔！開門！」

認出是剛剛的攤販，吳進昌打開中控鎖，「是怎樣？」他探身往右，對方把門拉開，隨便扔了一袋在副駕駛座下。

「送的送的！」攤販邊說邊甩上門，「不是很大尾，謝你買一箱啦！」

「厚，你是在……」吳進昌彎身打開袋子看了一下，果然是中型魚大概五、六條，「下次直接給我折扣啦！」

「嘿嘿！」攤販只有乾笑，他們會有多的魚，但不會有多的折扣啦！

吳進昌無奈的搖頭，然後把方向盤打左，緩緩離開。

『哈囉，大家，還真讓我遇到夢幻魚了！』

『就是這道！我太幸運了，接下來我們就要開吃了！』

車子緩緩在人車繁多的市場道路前進，畢竟這裡是市場，裝貨卸貨還是會花點時間，互相體諒是常態，所以吳進昌趁空重看那天在保護區拍攝的影片。

『各位觀眾！夢幻魚！』

那位團友幫他拍得眞好，他興奮之情溢於言表，開心的吃下第一口夢幻魚……喔喔，看那表情，現在闔上眼睛，他也能回憶那肉質與清甜的滋味，如果有機會，他還要再去一次！

『魚肉好呷嘸？』

聽見這聲音，吳進昌多聽幾次眞的就是像！那天他眞的完全沒有發現，只覺得耳熟，回來多聽幾次，怎麼聽都覺得就是李玫妮的聲音！

他們七個人過去很好，他跟鄭鑫柏是麻吉，李玫妮是鄭鑫柏的女朋友，自然很常在一起，她的音質很特別，有些高亢有些尖銳，還有說話的語氣，短短一句話，還是可以辨識得出。

出了大馬路，堵塞消失，吳進昌往右轉後道路已然順暢。

『魚肉好呷嘸？』影片裡繼續播放著，『我們沒說話啊……』

這是兩對被誤會的團員回應，吳進昌都會背了。

『鬍渣昌，魚肉好呷嘸？』

咦——吳進昌驚愕的看向影片，一旁有台車繞了過去，因爲他的分心差點擦

到對方，來車叭了好大一聲！

吳進昌趕緊握緊方向盤，專心專心！

冷汗瞬間飆出，前方剛好紅燈，他趁機倒退影片，再聽一次……也只聽見

『魚肉好呷嘸？』

「不對不對，剛剛眞的有喊我的名字……不！爲什麼要喊我名字!?」吳進昌拿著手機的手抖得厲害，跟著後面叭了一聲，嚇掉了手機。

叭——吳進昌趕忙回神，原來已經綠燈，手機就掉在那袋魚的旁邊，但是他現在不能撿，開車是一秒鐘都不能閃神。

但是他心慌啊！那個喊他的方式，就是李玫妮！因爲當時剛畢業，他急著想變大人，莫名奇妙覺得有鬍渣才叫男人，結果李玫妮就叫他鬍渣昌，一開始他還超不爽的，可久了也就習慣了。

但是全世界只有她會這樣叫他！

難得如此期待紅燈，他多想停下來再看一次，但是車上了高架，連路邊停靠都不方便，忍……忍一下，等等下去後找個地方先靠邊停，不然他無法放心！

握著方向盤的手心內流滿手汗，這時地板上的贈品裡卻傳出沙沙聲。

沙……有東西在裡頭蠕動，吳進昌不安的迅速往下瞥了眼，袋子開始劇烈的動了起來，還不時傳來啪啪的聲音。

「有沒有搞錯？魚沒殺嗎？」吳進昌簡直不敢相信，「這種贈品我才不要！馬的！」

連殺都沒殺，幾尾魚就在袋子裡面掙扎。

吳進昌完全無法專心，一邊聽著右下方的袋子啪啪啪，緊接著車內後方竟也出現了拍打聲。

有點兒悶，那聲音不響亮，是東西打在保麗龍板上的聲音。

用保麗龍裝箱的只有魚，那些魚是他確定殺好的……不，他沒確定，因爲他先繞去別攤，讓魚販殺好再幫他裝箱的！小馬沒殺嗎？不可能啊，以後不想接他生意了嗎？

低咒著敲下方向盤，好不容易等到下高架，遇上了第一個紅燈，即使剩十秒，卻足夠他彎身把那袋魚先提起來，裡面還有一個透明大袋子，他怒氣沖沖的抓起——魚全都是已殺好的！

肚子敞開，裡面洗得一乾二淨……殺好的魚爲什麼還會動？

『**鬍渣昌**。』袋子裡的魚，突然開口說話了。

那幾隻魚的身上，清清楚楚的出現了一張張他想忘也忘不掉、同一張臉——

「哇啊！」

吳進昌嚇得扔下袋子，後頭再度喇叭聲四起，他六神無主的看著綠燈，手腳

不聽使喚的踩下油門，用力過猛差點撞上前車，又緊急煞車，導致後面又是喇叭與咒罵聲。

冷靜、冷靜……他要靠邊停的，吳進昌這麼告訴自己，但是他在內線道，正值上班時間，車流量甚大，他一時難以切過去。

『好久不見。』聲音竟從後方傳來，**『有沒有人想我啊？』**聲音也很悶，是從箱子裡發出來的！

「幻聽，幻聽！」吳進昌兩眼發直瞪著前方，「這不可能，我一定是太累了，我太緊張了……都是那些大學生亂說話，什麼戒指代表她回來了……」

『想跟我斷交，沒這麼容易喔！』李玟妮的聲音活靈活現的就在他後方，就在那個不停發出拍打聲的保麗龍盒子裡。

蓋子……吳進昌想起他沒有封口，因爲只是放在車上，等等就要進店裡，保麗龍上蓋並沒有用膠帶封箱。

從照後鏡瞄著，位在椅子中間後方的保麗箱上蓋，正明顯的向上浮著，裡面有物品正在猛烈撞擊，有什麼東西就要跳出箱子了！

「李玟妮，妳不要鬧！妳失蹤八年我們也很擔心，問題是誰知道妳去哪裡了？」吳進昌失控的握著方向盤，逕自在車裡大吼，「我們沒有想到妳會出事的！那天大家都喝多了——」

啪剎，保麗龍上蓋噴飛，一尾魚從裡頭垂直躍起！

不——吳進昌驚恐萬分的回頭，還沒有看清楚那魚身上究竟有沒有人臉，他的九點鐘方向率先衝來載送貨櫃的卡車……

叭——沉重巨響鳴起，吳進昌什麼都反應不及。

他根本沒有想反應，他只想知道那些魚到底有沒有李玫妮的臉。

砰磅！卡車直接撞上駕駛座，車頭完全凹陷，六人座車像骰子一般翻滾……滾……呀滾……

一整車的魚都跟著翻滾，繫著安全帶的吳進昌沒有滾動，他只是瞬間失去了左半部的知覺；一尾尾魚在他周遭跳著翻著，魚的身上全部都有著熟悉的臉孔。

每一隻魚，都是李玫妮。

最後，他幾乎削去的半身卡在自個兒車門鐵皮裡，有一尾魚穿過了他擺在前面的小竹子盆栽，就卡在他面前，魚身上是平面２Ｄ圖案，勾勒著八年前李玫妮那張還青澀嬌俏的臉龐。

『我說過你們會後悔的！』魚身上的人臉笑了，**『後悔了吧？』**

第六章 再聚首

膝蓋一軟，童胤恒當下跪上了地，所有人措手不及，汪聿芃回身一見到他的異狀，連忙蹲下來，二話不說就捧住他的臉。

「都市傳說嗎？」她焦急的問著，旋即見童胤恒痛苦的緊皺起眉。

「又來了嗎？」走在前頭的康晉翊與簡子芸雙雙折返，「是不是很痛？能動嗎？」

汪聿芃轉往旁邊尋找物品，路邊就有盆栽，拿起來就——童胤恒及時伸手抓住她的手腕，沒好氣的看著她。

「妳可以先考慮用舊方式推醒我嗎？」他指著額角，「我瘀青還沒消耶！」

汪聿芃呵呵的綻開傻笑，「我一時忘了，我想說先砸下去再說嘛！」

「呵呵，是喔！」童胤恒嘆口氣，卻還是伸手朝向她，汪聿芃自然的抱住他的手肘，將他整個人撐起。

撫著太陽穴，雖然只有幾秒，但疼痛卻是沒打折扣的。

「說了什麼？」康晉翊謹慎。

「後悔了吧？」童胤恒轉述，「只有四個字，而且是那隻人面魚的聲音……我說的是正統的。」

「李玫妮。」簡子芸沉下眼眸，左顧右盼，「她在跟誰說話？」

童胤恒搖搖頭，「我就只聽見這四個字。」

「出事了吧！」汪聿芃莫名其妙的回身，看著人潮。

「什麼出事？哪裡？」康晉翊緊張探看，只看見上班人群。

「一定有地方出事，人面魚才說話，童胤恒才聽見。」她聳了聳肩，「每次他聽見都沒好事不是嗎！」

……童胤恒無奈的抿嘴，說得眞貼切，對！的確他只要聽見都市傳說的聲音時，幾乎都有什麼「正在進行式」。

「嘿！嘿！同學！」

熱切叫喚聲來自康晉翊後方，簡子芸回身，看見十公尺外的宋妍雪正朝他們揮著手，她就站在約定的早餐店外，才六點五十，來得眞早！康晉翊與簡子芸先往前去打招呼，而每次剛聽見都市傳說聲音的童胤恒需要點恢復期，腦子疼這件事令人很無力。

「你把身體都壓在我身上，沒關係的。」汪聿芃攙著他，「我很強壯。」

「我知道。」他倒向汪聿芃，「但我只需要一下下時間就好，呼！我眞討厭聽見都市傳說的聲音，明明之前有一陣子聽不到的，它們不是發現有人聽得見了嗎？」

「可能不是每個都市傳說都知道吧。」汪聿芃根本不在乎這個，「我覺得聽得到不錯啊，可以先知道事情。」

「會痛，謝謝。」童胤恒滿腹不爽的抱怨。

吳進昌約的早餐店相當寬敞，而且超多種早餐可以吃，汪聿芃一進門立刻就幫童胤恒點了大套餐，還有很甜的奶茶，以幫助童胤恒補充能量，社長他們也交代給她了！

不過宋妍雪等人根本無心吃飯，一心急躁的想知道到底怎麼回事。

「這位是鄭鑫柏，她是黃芳儀，你們見過了。」宋妍雪介紹著，市集上的情人們尷尬一怔。

「見過？」鄭鑫柏狐疑的打量康晉翊，「我沒印象……」

「啊！一直在我們附近的那群學生！」黃芳儀倒是火眼金睛，「走到哪裡都看到他們。」

「我們的確是跟著你們，因爲你們的對話太吸引人了……嗯，想尋找有前女友臉孔的人面魚！」康晉翊笑得神祕，「還有，你最後在攤子上聽見魚肉好呷嘸對吧？」

鄭鑫柏臉色陣青陣白，「爲什麼你們……」

「抱歉我們一直跟著，因爲想法太特別了。」簡子芸瞄向宋妍雪，「嗯，我聽說有七個人，扣掉李玫妮跟吳進昌，應該還有兩人。」

「不要叫她的名字！」黃芳儀突然低聲的喊著，「我不想……聽見……」

康晉翊打量著她，「只是個名字，有什麼好怕的，更何況……她不是你們的好朋友嗎？」

「不是！」黃芳儀都快哭出來了，轉身偎進男友懷裡，「拜託，你知道我不想聽見！」

連簡子芸都忍不住扯了嘴角，這是犯哪門子傻？不耐煩的往櫃檯那邊走去，看見眉開眼笑的汪聿芃端著一大盤飲料和早餐前來，身後跟著的童子軍氣色依舊不佳。

「妳心情不錯啊！」簡子芸忍不住笑了起來，就汪聿芃樂觀……不，她是根本還沒想到該恐懼的地方。

「這家早餐好豐盛喔！青菜跟肉都好大塊！」她開心的介紹，他們點了四人份的餐點，由她負責端飲料，這樣萬一都市傳說又說話，童胤恒東西灑了也沒關係。

宋妍雪將兩張桌子併起，對面每個人只喝咖啡，個個掛著黑眼圈，一看就知道寢食不安；這邊四個都是一號全餐，飲料漢堡薯塊都有，差異甚大。

「我們先吃囉！」康晉翊還是客氣開口。

「嗯，你們吃……」宋妍雪朝門口探著，時間一分一秒過去，期待的身影還是不見，「你們說周彩薇會來嗎？」

黃芳儀垂著眼色，「真的不知道，我們大家都沒聯絡……電話是不是對的也不確定。」

「所以還有兩位沒聯繫上嗎？」簡子芸好奇的問。

「有傳訊息了，過去的MAIL也使用過，我不想打電話。」宋妍雪別開了眼神，「免去一些尷尬。」

「都什麼時候了，還在介意尷尬喔？」汪聿芃嘴裡塞滿食物問著，「我覺得還戒指這件事情可好可壞，壞的話一點都不好耶！」

宋妍雪不高興的瞪著汪聿芃，「需要妳說嗎？但大家當初會淡掉是有原因的，現在打電話去說：不好意思，我們覺得那條人面魚是李玫妮？」

「你要說李玫妮把戒指還給我了，她想要和好！」汪聿芃義正詞嚴的教育。

一旁那對情侶顯得錯愕，他們似乎不知道戒指的事情，「等等，戒指？宋妍雪，那枚戒指？」

宋妍雪有點緊張，眼神閃爍的不敢看著同學，她的確還沒提這件事。

「什麼叫做她把戒指還給妳了？」黃芳儀心涼了半截，「那天，我記得妳明明把戒指拋進……」

「前兩天在吳進昌的店裡吃魚，戒指在魚的身體裡。」康晉翊一字字的說著，順便從口袋裡拿出那枚戒指，「因為他們都不想保管，所以暫時放在我們這

裡——」

戒指一放上塑膠桌面，鄭鑫柏與黃芳儀如驚弓之鳥的彈跳而起，黃芳儀緊緊掩住嘴差點沒叫出聲！但這樣的動靜也不小，引來不少側目，宋妍雪趕緊拉著他們坐下。

坐下後的兩個人什麼話都沒說，只是兩眼發直的瞪著戒指，汪聿芃還很好心的把戒指的內側轉向他們，「是 **Rose & Snow**。」

豆大的淚珠直接滾落，黃芳儀雙手掩嘴悶著痛哭失聲，鄭鑫柏拼命揉眉心，天底下竟有這種事，扔進湖裡的戒指，還有歸還的一日!?

「不行！七點多了，吳進昌是開到哪裡去了？」鄭鑫柏待不下去，擊桌起身，「我去找他！」

抓過手機才回頭，卻突然愣住。

一頭俐落短髮的女人穿著簡單的針織衣與牛仔褲，臉色蒼白的站在他們身後，而且滿頭大汗還有些狼狽。

「小薇！」黃芳儀發現後也開心站起，「妳……妳怎麼了？」

近看，才發現她臉上也有未乾的淚痕，宋妍雪半站起，看著她拖著步伐如行屍走肉般的，拉開黃芳儀左邊的椅子便頹然坐下，兩眼空洞無神，氣氛變得非常詭異。

「嗯……我、我先去打電話！」鄭鑫柏覺得她很怪，但一時回不了神。

「你不必去了。」周彩薇幽幽的出聲，「他不會來了。」

嗯？童胤恒突然心揪，他剛剛聽見都市傳說的聲音，該不會出事了吧？

「為什麼？是吳進昌揪我們的耶？」宋妍雪不理解，「小薇，妳跟吳進昌聯繫了嗎？」

她有點狐疑，因為發訊息給周彩薇的人是她，不是吳進昌。

「五分鐘外的路口發生車禍，是吳進昌。」周彩薇轉向左邊的同學們，淚水逕自滑落，「他被夾在車體裡，左半身都不見了……」

康晉翊嚇得都站起來了！

「什麼？」鄭鑫柏以為自己聽錯了，拍著桌子說一次，「周彩薇，這不要開玩笑！」

黃芳儀跌坐回椅子上，淚水繼續撲簌簌的掉，宋妍雪反應不過來，蹙起眉拼命搖著頭，「不可能！剛剛才通過電話，他說要從市場過來，無緣無故怎麼會——」

「我不知道你們要做什麼，這麼久沒聯繫突然要見面很奇怪，所以我一直沒回應，我原本也是想在對面觀察你們在幹嘛，在路上打電話給吳進昌，想試探一下……」她痛苦的深呼吸，「只差一個馬路，前方突然就車禍了，怎麼發生的我

不知道，但是確定是六人座闖紅燈，被撞得稀巴爛，我繞過車子時偷瞄了幾眼，地上還有好多條魚，然後電話通了，摔在人行道邊的手機卻響了。」

那幾乎同步的聲音讓她起了惡寒，她快步上前，看到那螢幕摔裂的手機正面朝上的躺在距離車禍有兩公尺遠的路面，彎身一瞧，來電顯示是她的名字：「周彩薇」！

當下血液盡褪，她渾身發冷的回頭看著那台被撞得全爛的車子，駕駛座幾乎都不見了，人群正圍觀，滿地的魚、蝦跟其他海產，她想起了在餐廳當廚師的吳進昌，爲什麼約這麼早……

然後恐懼感一下淹沒了她，她不敢待在那裡、不敢再多看車子一眼、更畏懼那些躺在地上根本不可能有殺傷力的魚！

一路跑到這裡，她就是知道，吳進昌的死不單純！

宋妍雪腦袋一片空白，看向站在她對面的康晉翊，求救般的望著他們，「是李玟妮對吧!?是她對不對!?」

簡子芸開始覺得漢堡難以下嚥了，居然出了人命！

「我的天！會是人面魚嗎？一條魚能做什麼？」簡子芸大口喝著可樂讓自己舒服些。

「讓他分心就夠了吧！剛剛這位小姐不是說他闖紅燈！開車最忌不專心了，

只要閃神一秒鐘都有可能會出大事。」童胤恒凝重的蹙眉，「剛剛我不是又聽見都市傳說的聲音了，這次她可不是說魚肉好呷嘸，是說……」

話及此，童胤恒刻意頓了頓，看向桌子對面四個既渴望又害怕的四雙眼睛，他們或絞著雙手、或緊握飽拳的望著他。

「後悔了吧？」一字一字，童胤恒盡力模仿聽到的語氣說。

一瞬間，童胤恒沒有得到以為的驚愕，取而代之的是一種困惑，他正對面是甫到的周彩薇，眼神最為深沉，最快盯上桌面；她右手邊的黃芳儀第一時間看向男友，另一邊的宋妍雪也是蹙眉。

「後悔了吧？你聽得見都市傳說的聲音，意思是說……那是李玫妮說的嗎？」宋妍雪緊張的追問，「她的聲音你聽過嗎？就是……」

「就是人面魚的聲音，我們都聽過啊，吳進昌拍的那條魚不是嗎？」簡子芸輕聲提醒，他們都慌了。

「天哪……為什麼要這樣說，她失蹤不是我們害的吧？」黃芳儀緊張的揪住自己的男友，「我們沒推她也沒對她怎樣，是她自己在那麼黑的地方到處亂走，我們……」

「那天她說了。」周彩薇打斷了黃芳儀的歇斯底里，「記得嗎？她撂了句你們會後悔的，眼神銳利瞪著我們，轉身跑走，當時吳進昌還朝她扔酒瓶。」

啊啊啊，所有人紛紛倒抽了一口氣，他們想起來了！

「所以是因爲吳進昌打她，所以她找吳進昌麻煩嗎？」黃芳儀完全慌亂，「我甚至都沒做，我只是站在旁邊而已……」

「站在旁邊就沒事嗎？別忘了我們是集體斷交。」

「那天是誰先提的？周彩薇，是妳先說這種人不配跟我們做朋友的對吧？」

你一言我一語的，大家開始談論起那個晚上的口角，人總是不管到什麼關頭，都喜歡推卸責任，彷彿自己推一推，就無事一身輕的感覺。

唉，童胤恒不耐煩的大口咬著豬肉堡，汪聿芃觀察著每一個人，嘴角鑲起小小的笑容。

「各位停一下好嗎？」康晉翊囫圇吞棗的吃掉早餐，趁機插話，「現在討論這個沒有意義了！」

此話一出，果然讓爭吵的四個人安靜下來，周彩薇抓了錢包起身，她需要買點吃的，爲自己補充一下能量。

「她是周彩薇的話……」簡子芸書寫著名字，「所以陳明軒？」

「沒來就是不想來吧！當年跟他是眞的鬧翻了，畢竟搞到要他選邊站不說，最後也只有他關心李玫妮的下落；確定失蹤之後，陳明軒對我們就非常冷淡了。」

鄭鑫柏刻意用很平淡的語氣說著，「說到底，他就是怪我們害了李玫妮。」

「不怪你們要怪誰？」汪聿芃倒是很好奇，「是你們吵架，你們逼走她，可能她就是這樣出事或失足落水的啊！」

「妳這因果也扯太遠，我們吵架，說逼走就太過分了，吵架誰想看到對方！她可以回小木屋啊！」宋妍雪今天理智多了，可以開始爭論，「如果她眞的慘遭不測，他殺的話是凶手的錯，若是如妳猜的落水，也該是她自己不小心！」

「嗯哼。」汪聿芃下一秒深表同意的點頭如搗蒜，「等妳遇到李玫妮時，妳再好好跟她說吧。」

「妳——」宋妍雪氣得又要拍桌。

簡子芸望著桌面，這張桌子眞可憐，十分鐘不知道被拍幾次了。

「方便的話可以給我陳明軒的聯繫方式嗎？我來打。」童胤恒主動要求，這群人尷尬，他可不。

宋妍雪思考幾秒，便將電話傳到群組裡，的確由「都市傳說社」的學生打給陳明軒，似乎不會那麼唐突。

「童子軍，你先去打，不礙事的。」簡子芸表示這邊有他們就行，童胤恒一起身，汪聿芃即刻跟去。

康晉翊覺得有趣，某方面而言，他們也是「形影不離」的一種啊。

周彩薇帶著早餐回來，康晉翊即刻自我介紹，「都市傳說社」對人面魚的都

市傳說非常有興趣，原本只是訝異於人面魚的出現，誰知道還跑出汙染變種魚、接著最正常的那條魚，居然跟他們失蹤的同學有關聯。

最令人不安的是，戒指的歸還，以及現在一條人命的逝去。

「所以，當年到底是爲什麼吵架？」簡子芸始終覺得，這是個關鍵。足以讓李玫妮氣到現在，八年後還可以成爲人面魚回到岸上的主因。

對面四個人沉默，周彩薇逕自吃著吐司，鄭鑫柏嘆口氣，一旁的小女友咬著唇，顧著哭泣。

「我喝多了不記得了。」鄭鑫柏開口就是敷衍。

「都市傳說伴隨人命司空見慣。」康晉翊也輕描淡寫，「你們覺得吳進昌只是單純的意外的話，或許我們今天不必見面？」

鄭鑫柏不爽的抽口氣，「現在是在威脅我嗎？」

「威脅你們的保證不是我們。」簡子芸冷冷的看著他，「我們其實只是對都市傳說有興趣，完全可以不必理你們怎麼樣……嗯……」

她朝身邊的康晉翊輕聳了肩，他即刻頷首，「好吧，那我們先走好了。」

「等等……等等等等！」黃芳儀半站起身，撲倒般的趨前握住簡子芸的手，「拜託請等一下！」

周彩薇放下咖啡杯，她算是這群人中最不苟言笑的一位，一張嚴肅的臉，環視著每個人。

「都市傳說社？A大那個？」她果然也知道，「所以人面魚是衝著我們來的對吧？」

黃芳儀收了身子，「說不定是吳進昌……對，因爲那天他朝李玫妮丟酒瓶。」

「妳自我安慰的特性一點兒都沒變耶！敢不敢去水族館一趟？」周彩薇強忍著煩躁，「我幾天前去大型超市，活魚區的魚全部在魚缸裡向著我就算了，連已經殺好躺在冰塊上的魚都能跳起來，還死命的跳向我！」

咦——同學們忍不住掩嘴，差點就要叫出來了！

「您有聽見……什麼嗎？」簡子芸謹愼的問。

「魚肉好呷嘸？」周彩薇倒是乾脆，「還有普通的魚身上，浮出了臉，每尾都是！」

啪！鄭鑫柏緊張的握住她的手，「是她的嗎？」

周彩薇嫌惡的看著被握住的手，搖了搖頭，「我認不出來，魚皮像是絲襪，然後套住某個人的頭，五官掙扎著要凸破魚皮一般。」

宋妍雪揪著胸口，「天哪……連妳也聽見了……」

「我話還沒說完。」周彩薇繼續投下震撼彈，「她喊了我的名字。」

李玫妮，百分之百毫無疑慮就是李玫妮了！

康晉翊跟簡子芸心照不宣的在心裡吶喊，這次的人面魚有名字了啊啊啊！

「針對性百分之百。」康晉翊強忍著興奮，平穩的說，「戒指歸還表示你們沒有斷交了，大家可能還是好朋友……」

後面幾個字他自己說著都心虛，眼尾一瞟，被回來的童胤恒分心。

「空號，兩支手機都沒在使用了。」難怪傳訊息也沒聽。

「陳明軒的事再說吧，反正李玫妮再怎樣也不會找他……」鄭鑫柏咬著牙陰側側的說，痛苦的低著頭喃喃。

他們互相使個眼色，交換眼神，還在猶豫要不要說，或是誰來說，黃芳儀乾脆伏在桌面哭泣，反正她表達能力最差。

「我簡短的說好了，李玫妮一直是我們七人眾裡的領導者，不是實質上的，但是大家一般都聽她的，她也一直是最聰明行動力強的那位。」鄭鑫柏懶得等女孩們思考，先說爲快，「起因就是因爲她跟別人有曖昧，不只一個，還搶朋友的男人。」

喔喔，康晉翊轉著眼珠子，這的確可以算是大事，尤其在血氣方剛的年少輕狂時。

「那時鄭鑫柏跟李玫妮是一對，他們高二就開始交往，但是……她也對我的男友示好，然後那時有個跟周彩薇在曖昧的男生，結果李玟妮跑去說小薇的不是，那個男生就連朋友都做不成了。」宋妍雪沉下了臉色，「芳儀就別說了，她就是文靜溫呑派的，她本來還跟另一個小圈圈不錯，但後來那群人也不理她，結果也是李玟妮害的。」

「這些就都算了，最令我們沒想到的事，是高二時吳進昌本來可以代表全校去參加高中廚藝比賽，老師都已經跟他說了，結果臨陣換將，檯面上是說學校想派另一個風格的學生去，但……」周彩薇嘆口氣，「後來我們才知道，是李玟妮去勸老師換人的。」

童胤恒忍不住擰眉，「這什麼朋友啊！」怎麼聽怎麼糟糕啊！

「對啊，所以我們知道實情後，當然跟她吵架啊！」宋妍雪即刻激動起來，「你還會跟這種人當朋友嗎？」

「我也不能忍受我的女友到處跟別人曖昧。」鄭鑫柏聳了聳肩，「那天大家喝多後就說開了，一件跟著一件，原本藏在心裡的事全部迸出。」

簡子芸默默記錄著，這種朋友真的會斷交，但這樣李玟妮還生氣？

「那，她的回答呢？」汪聿芃舉了手。

面對這麼多的指控，當事者怎麼說才是重點吧。

周彩薇冷笑一聲，「否認啊，否認到底，每件事都有她的解釋……笑話，是

當我們都白痴嗎？」

「她否認跟我男友示好，說她本來就先認識我男友的，兩個是哥兒們，只是熟而已，我想錯了。」宋妍雪扯了嘴角，「互買早餐就算了，連生日都私下送禮物，還藏著卡片，她以為我沒看到！」

「她跑去跟我那時曖昧的男生說我們不適合，個性差太遠，而且說我其實不喜歡他那種儒弱型的……面對我的指控，李玟妮說她從沒說過那些話！」周彩薇又是嘲諷的笑，「話都給她說就好了。」

用手肘戳了黃芳儀，她驚嚇的縮著身子，囁嚅的說，「我也不知道為什麼……反正那群朋友就討厭我，我後來才知道，有一次我不在時，他們被李玟妮叫出去，那天之後就……」

低著頭，她難受得緊閉上雙眼，淚水又滾落。

「吳進昌的事呢？」童胤恒覺得這點最不可思議。

「她說，她只是去建議老師可以選另一個題目，好讓吳進昌發揮所長，從未提過換人的事。」鄭鑫柏很無奈，「反正她不認任何一件事，還反過來說我們故意弄她，那晚就此吵開。」

酒精催化下，大家話說得越來越難聽，水性楊花都出來，究竟這兩個女性朋友的男性友人都跟她有關係；最怒不可遏的自然是吳進昌，一個明明在眼前的比賽機會，就這樣硬生生沒了。

「她否認了啊……」汪聿芃思忖著，「正常人好像都會否認。」

「大吵一架後，小薇率先宣布斷交，大家跟進，我也當下跟她分手，她始終氣焰高漲，瞪著我們……」鄭鑫柏回想那晚，「對，她說了，你們最好不要後悔，扭身就跑了。」

後悔了吧？童胤恒想起在腦中浮現的那句，是對著被夾爛的吳進昌說的嗎？

「所以有沒有可能是誤會？你們眞的弄錯了？她眞的沒做那些事？她說的是實話呢？」汪聿芃繼續追問，「因爲被誤會，忿而離去，然後？」

「怎麼可能！我親眼看到她給我男友的禮物裡，附了一張最喜歡你的卡片。」宋妍雪翻了白眼，「妳不懂我們之間的事啦！少說風涼話！」

「就是不懂才要問啊！」汪聿芃絲毫不以爲意，「如果不是被誤會，那爲什麼會有人面魚的出現？還是說她本來就是這種性格的人？女王系。」

「李玫妮不是。」鄭鑫柏回得斬釘截鐵，「她強勢幹練，但不會不明理。」

黃芳儀略抬首，遲疑的看向他，神情有些複雜的蹙起眉。

「所以現在人面魚是想怎樣？」周彩薇只想知道結論，「吳進昌之後，會輪到我們嗎？」

「不知道，過去的人面魚沒有伴隨人命，只能靜觀其變。」康晉翊回得也乾

脆，「我現在只能建議大家離魚遠一點，不管什麼魚，甚至是現在流行的彩色人面魚。」

「我才不會去看那種東西……多可怕！」黃芳儀拼命搖頭，光想像就起雞皮疙瘩了。

簡子芸突然把手裡的筆記本翻到空白頁，往前推去，「然後，可以給我其他人的資料嗎？陳明軒、那位前男友、曖昧行為對象或是小團體，以及學校老師。」

宋妍雪挑高了眉，「你們要查這個做什麼？」

「確定李玫妮的事情，如果是被冤的，那你們就要好好跟她談清楚。」童胤恒淡淡的說著，「要在來得及之前。」

「誰會冤她？」宋妍雪低咒著，再不情願還是把本子拿過來寫下了。

大家傳遞著本子，寫下過去的資料，時隔多年或許聯絡資料都不準確了，只能就現有的給他們。

得到資訊後，簡子芸仔細的檢視著，童胤恒提起了人面魚的另一個傳說。

「有人說，人面魚的來源是因為冤死在湖裡的人意圖抓交替，因為湖裡有太多怨氣，自殺的、被殺的、失足的，或是懷怨的。」他刻意說得很慢，「我不知道李玫妮屬於哪一個，但是如果是這個，各位請當心。」

鄭鑫柏嚥了口口水，「今天的恐嚇夠多了。」

「吳進昌吃到的那條人面魚，是第一次聽見李玟妮聲音的時候，那個地方跟嵐潭就只隔一座山，說不定水源相同。」周彩薇提出了她的想法，「我總覺得保護區才是關鍵。」

「我們也有考慮進去找，但是保護區需要申請……有點麻煩。」康晉翊嘆了氣，「今年預約已滿，得等明年開放。」

「明年？我不知道能不能撐到明年咧！」鄭鑫柏不爽的嚷嚷。

康晉翊請大家一起加入群組，可如今原本群組裡的吳進昌已經無法再回應了。

加完後周彩薇第一個離開，接著是宋妍雪，最後才是情侶們，時隔八年才相見，又剛有一位同學意外往生，他們不僅沒有悲傷之情，也沒有打算多聚多聊。大家彷彿希望能不見就不要見，話不投機半句多。

人一走，他們也很有默契的立刻閃人，衝向所謂五分鐘外的路口，即時新聞已經出來，簡短的說明附近路口稍早發生嚴重車禍，起因為闖紅燈與煞車不及。

短跑冠軍的汪聿芃自然一馬當先，她衝到事故現場時，警方已經暫時排除障礙，但依然封鎖一個線道；被撞爛的車子駕駛座已經被割開，人已經帶走，裡面滿是怵目驚心的血跡。

地上一堆海鮮跟魚，有幾箱暫時被搬了下來，擱在人行道上。

她小心翼翼的朝前走著，從副駕駛座碎掉的玻璃窗，看見了卡在冷氣口那兒的一尾魚。

或許是衝力過大，魚穿刺進了前方的小盆栽上，就這樣卡在上面。

而被刺穿的魚身上，有張清晰可辨的人臉。

幽靜的女子，眼眸低垂，瀏海還是捲的，汪聿芃驚訝得睜圓雙眼，想把那張臉烙在記憶裡——此時，那低垂的眸子突然緩緩睜開。

四目相交。

尖銳物刺穿的是臉頰處，女子瞅著汪聿芃，勾起了一抹冷笑，連眼神都帶著冰冷與不屑。

那睜開的雙眼，陰森的笑容，誰再跟她說是光線的關係，她就跟誰翻臉啦！

第七章
探尋

鬧鐘響起，身旁的女人不情願的翻著身，男人伸長手將鬧鐘按掉，勉強睜開惺忪雙眼，夏天天亮得早，雖然才五點半，但是外面已經透亮了，他撐起身子，今天公司有活動，他必須早起。

掀被下床，準備進浴室梳洗。

「對啊，我最喜歡秀秀了，她都會陪我玩。」

童稚的聲音傳來，男人有點錯愕，都要進浴室的他倒退著往後走朝房門邊去，小女兒怎麼這時候在客廳？

「爸爸都一直工作一直工作，說好要帶我去玩都忘記了。」女兒的聲音清晰，不知道在跟誰話。

能跟誰說話？他就一個女兒啊！

難道有入侵者？他慌亂趕緊在房內找件順手沉重的擺飾，藏在身後，小心翼翼的打開房門……步出房門後，偎著左邊的牆走，不過五十公分的白牆，就可以看見整片客廳。

火速的偷瞄了一眼。

女兒抱著她的佩佩豬，坐在沙發扶手邊，認眞的對著魚缸裡那隻人面魚說話。

「可是媽媽說，爸爸要工作我們才有錢。」女兒嘟著嘴，「但是我想爸爸陪

我。」

沒有旁人。

男人狐疑的擰眉，終於走了出來，魚缸裡是最近超夯的人面魚，他們在逛夜市時，瞧見了與母親有著一樣臉龐的人面魚，當下他一時激動，淚水飆出，連女兒都扯著他的手喊著阿嬤，那是阿嬤。

「小米？」男人走了出來。

「啊，爸爸。」小女孩看向走出的父親，眼皮沉重，猛打呵欠。

「妳怎麼不睡覺？爲什麼在這裡？」男人放下了藏在身後的物品，隨手擱在一旁的架子上，「在跟魚說話嗎？」

「我在跟阿嬤說話。」女孩撒嬌的爬上父親的腿，要他抱著，「我想阿嬤，阿嬤陪我聊天。」

男人有些啞然，他看著魚缸裡的人面魚，彷彿也聽得懂他們說話似的，牠並不游動，而是以有著母親臉龐的那面身體向著他們……男人看著人面魚，又是一陣鼻酸，因爲那眞的就像媽媽正看著他。

「爸爸也想阿嬤，但是小米，那只是一條魚。」男人必須這麼勸告孩子，「牠只是身上的鱗片組成像阿嬤而已。」

「那是阿嬤。」小米依然堅持的說，卻開始揉起雙眼，「阿嬤說她也很想我們。」

「好，那跟阿嬤說晚安，妳一晚上不睡這樣不行。」男人笑笑，孩子嘛，都有個假想的朋友了，更別說是魚。

小米點點頭，認眞的掙開父親懷抱，硬是趴在魚缸玻璃前，「阿嬤晚安。」她啾了玻璃。

那條紫色的人面魚突然游動，竟然眞的轉向了小米，魚嘴也眞的對著她親上她的小嘴巴。

啾。

男人爲之一震，這狀況太詭異了!?

他慌張的拉回女兒，用恐懼的眼神看著那條魚，魚兒吻完女兒後一個婀娜擺尾，又在魚缸裡悠游自在。

小米依賴的摟著他頸子，男人趕緊抱起孩子往她房裡去，不安的回首瞥了一眼，那條魚竟然又不動的面向著他，像是母親正目送著他的背影遠去。

他發現那條魚時，內心的確激動萬分！因爲人面魚身上的圖案就是母親，而且是一直慈愛望著他的母親臉龐！

在一條魚身上是很詭異，人面魚又曾是都市傳說，但看著魚在魚缸裡，看著許多人搶著購買，他就深怕母親被買走了。

妻子也覺得驚人，但她反對購買，她覺得這太可怕，養一隻有母親臉的魚在魚缸裡？她有種被監視的感覺！可女兒親暱喊著阿嬤，他更不可能放任別人買走有母親臉龐的魚！

買回來後女兒便會常駐足魚缸前，主動餵魚吃飼料，原本以為離開汙染和河川的魚會很快死亡，沒想到適應力卻強得驚人。

他也曾想過，自己是否能再承受一次母親死去的打擊。

但是，再怎樣，那就該只是一條魚。

小米跟牠聊天？難道魚對小米說話嗎？還有剛剛那個晚安吻是怎麼回事？魚擺明的就聽得懂他們說什麼啊！

眞的是媽媽嗎？

男人為女兒蓋上被子，滿心不安的走回客廳，遠遠看著發光的魚缸，魚在裡頭漫游著，自在得彷彿什麼事都沒有。

「不可能吧……」男人喃喃自語著，惴惴不安的靠近了魚缸，「媽？」

唰！遠在魚缸另一頭的人面魚一個MOVE，瞬間回到了男人面前，魚嘴一張一闔，下一秒再度右側身，好讓身體向著男人。

天哪！人倒抽一口氣，忍不住向後一跳——

「媽？」

「來來，我玫妮底加啦！」

老阿嬤駝著背，辛苦的用四腳助行器一步步帶著大家往後頭走，這兒是透天厝，李玫妮老家住在近郊，這附近幾乎都是兩層透天厝。

李玫妮的家未搬遷，所以並不難找，只不過要談話就有一點辛苦，一開始李媽媽並不太願意跟他們交談，不懂事隔八年再來問李玫妮的事是為什麼？

蔡志友不好把人面魚的事搬上來說，只好胡謅說是受人所託，想知道李玫妮後來怎麼了？是否持續音訊全無？

裝作徹底無知，李媽媽用怨懟的語氣說她已經八年沒見過李玫妮了，也不知道那孩子去了哪裡，雖說生要見人死要見屍，但人與屍都找不到的情況下，叫他們怎麼辦？

說著說著，淚水自李媽媽臉上滑落，一個媽媽的心痛與辛酸表露無遺，整個家裡到處都是李玫妮的照片，對於李家人而言，這是八年的痛苦煎熬。

小蛙試著提起鄭鑫柏或是宋妍雪，李媽媽立即勃然大怒，差點沒把他們趕出去，以為他們是這些人派來的，咒罵了他們祖宗十八代，直說是那些人害慘她女兒，還冷血無情到不聞不問！

蔡志友情急之下，搬出了陳明軒的名字，說他們是受他所託，李媽媽態度才一秒軟化。

「明軒是個好孩子。」李媽媽這麼說著，哽咽著拭淚。

李媽媽帶他們參觀李玫妮紋風不動的房間，維持八年前的模樣，地上擺放著她去小木屋時帶著的行李，裡面的物品都擺在桌上，整整齊齊，房內一塵不染，一看就知道天天打掃。

再怎麼掃，也掃不盡對孩子的思念。

蔡志友仔細看了桌上的物品，沒有手機也沒有錢包，李玫妮離開時帶著手機跟錢包？難怪那些人會認爲她搞不好先跑回家了。

李玫妮失蹤前也沒有跟家人聯繫，吵架的事家人也不知道，一切都是失蹤後，警方問話時才眞相大白。

她可能會去的地方、或是可能聯繫的朋友都沒有下文，因爲她要好的朋友還眞的就是那六個人。

就在他們離開後，李媽媽急著爐上的湯先進去，阿嬤突然走出來叫住他們，招呼他們再進門，說她的寶貝孫女在家。

這讓小蛙與蔡志友錯愕非常，不是失蹤了嗎？剛剛李媽媽說得聲淚俱下，不像演戲啊？

「來來。」阿嬤帶著他們進入自個兒的房間，「妮妮啊，妳同學！」

阿嬤分不清楚年紀，笑對著房間角落的魚缸說著。

小蛙第一時間就在門口煞車，死都不進去的雙手撐住門框，也不讓蔡志友進去，因爲阿嬤說的李玫妮，是一隻人面魚啊！

不小尾的鮮綠魚兒在魚缸裡呈八字型的游著，快到根本難以辨認是不是李玫妮。

「妮妮！餓了嗎？阿嬤餵妳！」阿嬤蹣跚的走向魚缸邊拿起飼料就朝魚缸裡灑了些，「吃飯！吃飯！」

「媽！不要餵太多餐！牠會撐死的！」後方傳來李媽媽急促的腳步聲，「喂，你們！」

她看見應該已經離開的學生嚇了一跳。

「阿嬤叫我們進來的，她說李玫妮在家……」蔡志友趕緊解釋，讓開一條路。

「噢。」李媽媽笑得很尷尬，逕自走入房間，抽走阿嬤手上的飼料，「人面魚……很可笑吧，我那天在市場看到這一條實在很像玫妮，我就買回來了。」

魚身上有親人的臉孔，當他們在魚缸裡時，親人的臉龐就彷彿看著自己。

李媽媽凝視著魚缸，臉上明明帶著笑，卻給人無盡哀悽。

「那，李媽媽既然知道人面魚……」蔡志友大膽的開口，「妳知道第一個吃

到人面魚的廚師嗎？電視有播出那段影片，裡面的聲音您有聽過嗎？」

李媽媽冷冷的看向他們，突然抽了抹笑，「吳進昌是吧？他也聽到那是我們家玫妮的聲音了吧？」

她知道！「李媽媽也聽出那是李玫妮的聲音吧？大家都說很像？」小蛙趁勝追擊！

「那就是我女兒的聲音，我不會認錯，我的寶貝女兒！」李媽媽激動的喊著，淚光閃閃，「她回來了，回來找那些冷血無情的混帳同學算帳！」

下一秒，她蹲下身子，凝視著魚缸裡的人面魚，痛苦得手握緊拳頭，她正在壓抑著情緒。

「那我們也明說了，我們覺得人面魚……跟李玫妮有關。」蔡志友溫和的說著，試探著她的反應。

李媽媽突地鬆開拳頭，輕柔的在玻璃上撫觸，彷彿隔著玻璃，撫摸那魚身上的臉。

「不過就是條魚，能跟她有什關係？她要有心，就回來了不是嗎？」李媽媽無奈的笑著，「找不到屍體就是層希望，但是我心底明白，玫妮應該是不會回來了。」

氣氛悲傷到小蛙覺得再說什麼都不妥，悄悄的瞄向蔡志友，是不是該撤離了？

「我們也該走了，眞的很抱歉打擾。」蔡志友禮貌的頷首，「只是想來關心李玫妮的狀況。」

李媽媽悽楚的笑著，轉身要送他們出去，「謝謝你們，有心了，玫妮出事後，除了明軒以外沒人來過。」

陳明軒？關鍵字眼啊，小蛙腦子轉動著，「明軒學長嗎？當時李玫妮失蹤，是他先發現也報警的。」

「那孩子有心，你們剛剛看客廳裡的相片，都是他幫忙洗出來的，相框也是他購置的，不然我也不太會用這些。」提起陳明軒，李媽媽會泛起淡淡笑容，「我說啊，人生有時有一個好朋友，比什麼都值得。」

「是啊，比起男朋友可靠多了。」蔡志友實在忍不住，他對鄭鑫柏自然很有意見。

一提起男朋友，李媽媽臉色丕變，怒氣値飆升，「我一點都不想記得那樣的人！居然說跟我家李玫妮分手，所以才不在乎她失蹤！還敢說以爲玫妮自己跑回家！」

「別氣別氣！」小蛙連忙安慰，「爲那種人生氣不値得！」

「對啊，記得好的人就好了。」蔡志友婉轉的問著，「所以陳明軒是什麼時

候來的？」

「也就玫妮失蹤後一個月吧，出動了人打撈不著，有可能不是跌進潭裡，我們只能等消息。」李媽媽下意識往李玫妮房裡望去，「想起來，也很久很久沒再見明軒了。」

蔡志友暗瞥了小蛙，他們在路上得到康晉翊的訊息，除了提及吳進昌車禍身故外，就提到了失去聯繫的陳明軒。

「小明有來！有來啊！」阿嬤突然又開口了，助行器叩噠叩噠的移動而出，「好孩子，才來看妮妮！」

咦？小蛙連忙回身，要去攙扶阿嬤。

「那個不是明軒啦！唉……」李媽媽歉意的笑著，「年紀大了，輕微失智，記憶不清也總留在過去，就像她其實也無法接受玫妮的事，總是認定她還在，竄改自己的記憶。」

「有啦！阿明那天不是有來？」阿嬤很堅持的說著。

「那不是……好好，隨便！」李媽媽也不跟她爭論，因爲老人家認定就認定。

「我跟你說，好孩子，還跑來看妮妮！」阿嬤認眞的對著小蛙解釋。

「所以之前也有別人來找李玫妮嗎？」蔡志友怎麼會放過這個訊息，陌生的人，又不是那群朋友。

李媽媽點點頭，「我不認識他，跟你們一樣，想知道事情的近況，好像是修行者，爲玫妮跟我們祈福後就走了。」

「也有人在關心這件事啊……」蔡志友覺得怪異。

「我也很驚訝，但就是個修行人，可能也是到處找像我們這種家庭祈福吧，我意思意思給了點香油錢。」李媽媽無所謂的聳肩，「反正有人記得這件事，我就很欣慰了。」

「嘿陳明軒啦。」阿嬤又在堅持了。

「厚，媽，完全不同人！」李媽媽笑得無力，「她現在只要有男生到我們，就全部都是陳明軒了。」

「所以您後來也沒跟陳明軒聯繫過囉？」小蛙也試探。

李媽媽搖頭，「我怎麼可能打擾他，這件事他沒有責任，雖然他當時來時一直哭，一直說他要負責，是他害了李玫妮，但是……呵，你們說，眞的該負責的那群人過得自在，唯一關心我女兒失蹤的男孩卻把責任往身上扛，人生啊……」

蔡志友不好說什麼，只能陪著苦笑。

接著他們再三跟李媽媽與阿嬤道別，離開了李家。

臨去前，阿嬤還叫他們要常常來看李玫妮，她說的是魚缸裡的那尾人面魚。

離開李玫妮家後，兩個男孩走在靜寂的小路上，突然異常沉悶，誰也沒說

話，腦子裡千頭萬緒。

「我怎麼突然覺得那些變種人面魚也沒什麼不好。」小蛙嘖了一聲，「找到一個有親人臉孔的魚，好像可以填補傷口。」

「見人見智，我倒覺得要看家人的心態，就怕變得偏執或是更加走不出傷痛。」蔡志友難受的回眸看了一眼李家的透天厝，「但是看看，家裡一旦有個人出事，整個家幾乎就崩毀了。」

「所以有條人面魚也不是壞事啊！」小蛙白然是從這個角度看的，「欸，結果這邊的陳明軒也是八年沒聯絡了！」

「我比較好奇那個修行者。」蔡志友心裡惦記著奇怪的人，「特地跑到這裡來找李玫妮！這一定有目的啊，跟我們一樣！」

「問題是李媽媽沒留下資料啊，感覺也不是來拐錢的。」小蛙雙手枕在後腦杓，「唉唉，心情眞悶，都是令人不舒服的事！」

「你悶？」蔡志友突然勾起微笑，「看看早上的車禍，我如果是剩下的那幾個人，我才悶咧！」

『今天在魚市發生一場鬥毆，起因是搶奪一尾人面魚！有兩個男子聲稱有一尾人面魚都長得像他們的親人，爭著要買下，因此發生口角甚至大打出手，鬧到雙方掛彩。』

整面電視牆播放著同一則新聞，黃芳儀站在電視前，緊蹙著眉心，看著離譜的新聞。

『汙染的變種人面魚發現至今已經兩星期，從恐懼的都市傳說變成人氣寵兒，尤其許多人在人面魚上找到與逝去親人相似的臉龐後，莫不買回家慰藉心靈。民俗學家表示這非常不妥，他們認爲是逝者的魂魄附身在魚身上，人長期與陰邪之物相處並不好。』

記者隨機做路訪，高達三成以上的人都有購買人面魚，詢問路人想法。

『我自己是沒養啦，但我覺得如果可以彌補傷痛也不錯，大家都會思念親人，眞有一條活生生的魚，上面親人或愛人的臉孔沒什麼不好！』路人笑笑，『也不過是條魚，根本不必小題大作！』

『我覺得不行，太噁爛了！』也有人嫌惡的搖頭，『那是人面魚耶拜託！多可怕，養一條有人臉的魚在家裡？』

『我會怕，不行……這不是都市傳說嗎！萬一有一天晚上牠突然問我魚肉好呷嘸？我會嚇死吧！』女孩嘻嘻哈哈的說著。

『不會啊，妳到時反問牠說，你現在是找死嗎？要我把你煮掉嗎？』男友在

旁補充。

黃芳儀實在笑不出來，人面魚這個名詞於他們而言，代表著恐懼、死亡，還有李玫妮。

「好了！」鄭鑫柏從後頭走來，手上拎著一袋東西，「下去繳停車費就走吧。」

他們到大賣場買東西，黃芳儀主動勾起男友的手，鄭鑫柏有些僵硬，但還是任她挽著搭乘往上的電扶梯。

「吳進呂的事好可怕。」她悶悶的說。

「是啊……」鄭鑫柏倒是望著遠方，「該來的還是會來。」

黃芳儀聞言皺眉，倏地直起身子，「什麼叫該來的？眞討厭的說法！」

鄭鑫柏瞥了一眼女友，「大家不說不代表不存在，八年前的事，明明大家都有芥蒂，不然爲什麼以前說好是一輩子的好友，卻不再聯絡。」

「那是……因爲……」黃芳儀咬著唇，心知肚明。

「不管玫妮出了什麼事，吵架在先，逼她走的也是我們，那晚我對她多冷淡我都記得。」鄭鑫柏垂下雙眸，事實上八年來他沒有一刻忘記，「我一直在想，我該最瞭解她的，她那不甘願的眼神都告訴我，她沒有騙我！」

黃芳儀甩下了男友的手，用不可思議的眼神看著他，看著那放遠的眼神，裡面藏的都是對李玫妮的想念吧！

「鄭鑫柏，你是不是還惦著她？」緊拉著衣角，黃芳儀問了這八年來最不敢問的問題。

電扶梯到了平台，黃芳儀拉著他往前走些，不擋到其他人，但她現在就要答案。

懸了八年的心，不問只會永遠懸著。

鄭鑫柏看著她，泛出憐惜的微笑，摸了摸黑色長髮，什麼也沒再說的搖搖頭，轉身就要再上一層電扶梯。

「鄭鑫柏！」黃芳儀不依不饒，抓他的手不讓他離開，「我們今天把話說清楚！」

他回頭，「談這個沒有意義，芳儀，我們不是在一起了嗎？」

是啊，在一起。

當年是她倒追的他，李玫妮的失蹤讓鄭鑫柏痛苦震驚，那時她每天陪在他身邊，即使朋友們分崩離析，她仍舊不離不棄，花了兩年的陪伴，總算得到他。

但是連她自己都不踏實，鄭鑫柏真的喜歡她？還是只是一種習慣？

啪啪！激水聲引起了黃芳儀的注意，她背脊一涼，憂心的回首，查看聲音的來源，這一回頭才發現——他們面前是販賣寵物魚的區塊，魚的世界！

映入眼簾是滿滿的魚缸，還有數百條的觀賞魚全部都……看著他們。

「鑫柏……」黃芳儀腳都軟了，扯扯男友的手，「你……你看……」

「什麼？」鄭鑫柏狐疑回頭，一回頭也愣住了。

斑斕多色的熱帶魚們，全部對著他們，這可以列入世界奇景了，去哪兒能看到這種景象？而且不知道爲什麼，鄭鑫柏甚至覺得這些魚是有敵意的。

啪啪，幾尾大魚開始擊水，激動的魚尾在水面上刻意激起水花，數隻魚在魚缸裡亂轉，像是生氣或是受驚。

「欸，你們看！」

「好奇怪喔！」有路人瞧見了，紛紛拿出手機拍照，「魚都不動耶！」

鄭鑫柏輕輕挪掉黃芳儀的手，逕自往前，她嚇得想阻止他，但是他依然試著走進由魚缸組成的通道中。

隨著他的行走，那魚缸的魚也緩緩的改變方向，兩旁的魚全都隨著他移動，遠方的魚群們，仍舊盯著黃芳儀不放。

沒有人臉，鄭鑫柏仔細的瞧著兩旁的魚，都是再普通不過的熱帶觀賞魚。

「爲什麼針對我們？」他一定是瘋了，居然想跟魚說話，「李玫妮？」

『**鄭鑫柏。**』

熟悉的聲音驀地從他身後傳來，鄭鑫柏嚇得即刻回首，他身後的魚缸有一尾大尾的紅龍，身上突然浮現了他這輩子忘不了的臉蛋。

『**你應該要相信我的。**』魚身上的臉龐闔著眼，『**該後悔了。**』

第八章
獲准入山

「都市傳說社」一旦遇上都市傳說，個個效率驚人，只用了一個週日與週一，全體幾乎就把相關的資訊收集齊了！

由康晉翊分配工作，所有人分工合作，簡子芸去找吳進昌過去的老師，他去找宋妍雪等人的前男友或曖昧對象，童胤恒跟汪聿芃去找黃芳儀被離間的小團體，盡可能的尋找關聯，蔡志友最擅長分析，只好由他去找斷聯的陳明軒。

同時簡子芸還透過吳進昌的關係，找到他之前去保護區的領隊，再請領隊情商熟悉的嚮導，看能不能讓他們進入保護區。嚮導跟車沒問題，錢也盡量湊，但他們無論如何都很想知道那尾人面魚及夢幻魚的事情，不管外頭有多少觀賞用人面魚，可一切都是從吳進昌吃到的那條人面魚開始。

那天嚮導自己也說過那是不祥的象徵了，此後異象頻仍，出現整條溪的人面魚，還能更不祥嗎？

這幾天宋妍雪那群人均回報著恐懼感，每個人足不出戶，因爲只要到外面去，都會被魚群盯著看。

宋妍雪去餐廳時，餐廳的魚缸的魚起了爆動，她嚇得退出餐廳，周彩薇早遭遇過了不敢出門，小情人們在大賣場的水族量販櫃前的景象，都被人拍下來放在網路上，完全都是阿呱麵的代表。

只是電影裡是海底之子，魚群才會崇敬，現在這些人……就怕是人面魚的敵

人了。

「老師再三跟我保證，李玫妮從來沒提過換人，真的是覺得主題可以改成適合吳進昌長才的日式甜點！」康晉翊與簡子芸一道兒走，他們今天都是第三堂下課後空堂，「換人他無法做主，是學校的意思，但是他聽說有人檢舉吳進昌品性不良，在校外打架，所以學校乾脆換人。」

「檢舉？誰檢舉？」康晉翊不解，「有實證嗎？」

「好像就是不希望有不良形象吧。」簡子芸聳聳肩，「那個老師也說不出所以然，因為他也只是聽令的人，他說他覺得吳進昌出去比一定贏，後來換的那個連個佳作都沒得到啊，似乎也是靠關係。」

「這誤會可大了，完全不一樣！」康晉翊始終眉頭緊鎖，「我找到宋妍雪的前男友，他以為我是現任咧！一再強調他跟李玫妮從小學就認識，熟是正常的，他們也沒私下送生日禮，就只是遇到交給對方，他不懂難道要敲鑼打鼓公開嗎？可是卡片的事，他說根本沒這件事。」

「是不必敲鑼打鼓啦，但是在正宮心裡不會太爽快……吧？」童胤恒也不確定，瞄著簡子芸的背影，賊賊的問，「我不太懂女生想的，如果是妳呢？有人給康晉翊生日禮物，但是妳不知道，會不高興嗎？」

咦咦咦？康晉翊屏住呼吸，童子軍為什麼用他舉舉舉例啦!?

「嗯……我覺得如果刻意隱瞞我會生氣，不過朋友互送沒什麼，假設汪聿芃送他生日禮物，這沒什麼啊。」簡子芸以身為女人的角度分析著，「宋妍雪的重點是在那張卡片啊，不是說寫了最喜歡你！這無疑打了宋妍雪跟鄭鑫柏一記耳光啊！」

嗯哼，康晉翊難掩笑容，瞧簡子芸說得這麼自然，好像他們……嗯，就是……那個那個。

「但那個前男友堅持根本沒有卡片，說宋妍雪無理取鬧。」童胤恒悄悄從康晉翊背後戳了一下，兄弟不言謝啊。

「那……周彩薇的曖昧對象呢？」簡子芸回眸。

「找不到，應該說沒有回應，而且我打電話已經是別人在使用了，我只能從MAIL去試！」他們在廊下徐步，一起要到「都市傳說社」用午餐，「小團體那邊有三、四個女生，我全發訊息，不過目前也是沒有音訊。」

「才八年，社交軟體都已經興盛了啊，怎麼這麼難找？」康晉翊以為隨便一個社群就能找到人。

「人會換帳號啊，也有人後來沒再使用，這很難說的。」走到一塊雕著「都市傳說社」的木牌前，社團到了，簡子芸留意到裡頭有聲音，「汪聿芃來了嗎？」

踏進教室，果然看見汪聿芃在茶几上吃飯，手機立在眼前，目不轉睛的盯著螢幕瞧。

「妳上一節沒課喔，這麼早來？」童胤恒走近她，「看什麼這麼專心？」

一群人分別繞到她身後，瞅一眼手機，裡面居然是一條人面魚！

「哇咧！」康晉翊嘖了一聲，「不要告訴我已經有手機遊戲了！」

「沒有啦，這連線直播，我可以從手機裡看我家的魚。」汪聿芃綻開微笑，很得意的模樣。

這一句，卻讓三個剛放下食物的人愣住，她家的魚？

「妳去買人面魚!?」童胤恒反應最大，「妳買人面魚做什麼!?」

「……汪聿芃，妳也太有實驗精神了吧！」簡子芸一怔，「啊，還是妳有想懷念的人？妳爸……或是……」

仔細想想，大家都不知道汪聿芃家裡的狀況。

「就想養一隻看看啊，大家都在養耶！」汪聿芃回得倒是自然，「既然想知道人面魚在搞什麼鬼，就應該也跟風養一隻啊！」

「跟什麼風啦！那大家都撿SD卡妳不去撿一張？收藏家在活埋人，妳也去埋一下？」康晉翊雙手扠腰得無力，「汪聿芃，身爲都市傳說社的一員，妳怎麼會主動去買來路不明、莫名其妙的人面魚啊？」

「尤、其──」童胤恒不客氣的拽動她的雙肩面向自己，「妳沒事會看到都市傳說的本質，要是妳一時興起發現什麼，讓牠跟你對話，折磨的會是我好嗎！」

汪聿芃一臉無辜，雙手自內圈向外劃開，化了搭在她肩頭的手，「哎呀，不要想太多，我就養一隻魚！而且我沒挑臉的，我挑顏色，隨便挑一隻就回家養，我跟你們說，好養到爆炸！」

簡子芸翻著白眼，端著便當走到自己的辦公區，「我不想聽。」

「原本以為離開原水質會很難活、加上這些都是受汙染的，但是居然隨便自來水就可以活，也不必什麼氧氣，一缸死水都能活耶！」汪聿芃興奮的滔滔不絕，「難怪會引起風潮，隨便帶回家都能養，我拿個水桶牠都可以活得超好，還不挑食！」

隨便帶回家都能養，童胤恒聽到這點眞心不舒服，這的確是詭異的事。

「所以妳養這條魚是為了……」

「想知道魚想幹嘛。」汪聿芃買了十個水煎包吃早午餐，「為什麼會出現這麼多人面魚？為什麼大家會想買牠們？又為什麼能找到親人的臉孔？不覺得很奇怪嗎？」

童胤恒挨著她坐下，「我只記得之前不是提過，萬一有跟我們長一樣的人面

魚怎麼辦？妙的是沒有發現相關訊息，沒人遇過跟自己類似的臉，卻都找到往生親友的人面魚。」

「咦？我倒眞的沒注意。」康晉翊一心都在李玫妮事件身上，沒去留意其他。

「對啊，大家好像都能找到親人的臉龐，而且魚又好養得怪異。」簡子芸也沒心思在這兒，她光是想申請進保護區就焦頭爛額了，「所以，汪聿芃，妳的挑選目標是？妳有家人不在了嗎？」

「嗯，很多都不在了啊！」汪聿芃回答得倒是稀鬆平常，「我盡量找一個像我媽的，但我沒時間挑，就是看到就買了。」

天哪！汪聿芃的母親已經不在了嗎？童胤恒有些訝異，的確沒聽過汪聿芃提起媽媽或家人之類的事，似乎也沒提過有兄弟姊妹。

簡子芸擱在桌上的手機突然響起，她瞥了一眼後當下跳了起來，「喂，我是簡子芸，是是！」

她拿著手機往後門衝出去，康晉翊看樣子就知道是那個領隊。

「可以進保護區嗎？」童胤恒期待的問。

「那個領隊說要幫她問，因爲入山是要登記的，旅遊團都滿了，只能用親友的名字。」康晉翊也很苦惱，「我們誠實跟對方說目的是想調查人面魚，我覺得說謊不好，幸好個領隊還是願意幫忙問。」

「那條溪跟嵐潭已經證實水源一樣了，我才不信那是巧合，第一條人面魚是那邊出來的，回到源頭去看看總沒錯。」汪聿芃將水煎包分了兩顆給童胤恒，「那一隻也是最符合都市傳說的人面魚。」

跟著急促的腳步聲傳來，兩組足音，一個超沉重，鐵定是蔡志友。

「喂——」小蛙先一步跳進社辦，「有陳明軒的消息了！」

「找到了？」童胤恒也興奮的問著。

「還沒還沒，但至少知道他家搬去哪裡了，他家後來搬了好幾次啊！」小蛙超興奮的，「找一大圈才找到，還是問宋妍雪他們其他同學的聯絡方式才知道。」

「呼……我們兩個下午的課都沒什麼，我想趕快先去找。」蔡志友跟著走進，「在下一個人出事前。」

「陳明軒應該不會出事吧？」汪聿芃滿嘴食物，「他是唯一關切李玫妮的耶！」

「誰曉得都市傳說怎麼玩？」小蛙看著手機，滿是期待，「我是很想知道，他有沒有聽到人面魚的聲音，竟然還能這麼沉默，很厲害。」

「最厲害的是吳進昌還上了兩次新聞，一次是吃到人面魚，一次是車禍事故，除非陳明軒與世隔絕，完全都不知道新聞！不然也太安靜。」童胤恒覺得詭

異的是這點，「宋妍雪或是鄭鑫柏，沒有一個人接到他的電話。」

「找到就知道了，我想如果他去上班，至少能找到他家人。」蔡志友他們交代完畢，一副就要離開的樣子。

「你們現在就要去嗎？」康晉翊連忙叫住他們，「這麼急？」

「天色很差耶，不是有颱風要來！我可不想在風大雨大時出去找人，看著就快下雨了。」小蛙指指外頭灰暗的天色，「我們打算騎車去！」

「騎車？」童胤恒倒是挺詫異的，「很近嗎？你們騎車？」

「在我們這個區！一小時就能到！」蔡志友低語跟小蛙說騎他的好了，比較大台也比較穩，兩個人商量要帶雨衣跟安全帽之類的。

結果這邊才在興奮，後門那邊同時衝進雙眼晶亮的簡子芸，她都還沒開口，嘴角先咧開了！

「喔喔喔！」汪聿芃回頭望著她，跟著站起來，「可以去了！」

「對！領隊說有嚮導願意帶我們進去了！」簡子芸尾音尖叫著，「雖然不能脫隊、一定要嚮導全程陪，但那有什麼關係！」

在場所有人忍不住歡呼！天哪！要去人面魚的產地耶！

在他們心中，保護區那條清澈溪流才是正港人面魚的故鄉啊，後頭汙染源的人面魚們，給人太詭異的目的感。

「太好了！」康晉翊忍住大喊Yes，「什麼時候？」

簡子芸突然收了笑，「今天。」

咦——所有人立刻錯愕，紛紛看向手機上的時間，「今天！」這句超級異口同聲。

「對，今天，要我們立刻出發，而且只給我們兩小時。」簡子芸焦急的跑回位子上，「過了就沒有機會了，我只好先答應！」

在場眾人一時無法反應，還在想著下午的課怎麼辦，或是大家要怎麼去時，汪聿芃已經把最後一個生煎包塞入腹，起身穿好外套，準備完畢了。

「妳急什麼！再急還不是得等我們！」童胤恒壓著她坐下。

「有夠硬。」康晉翊嘆口氣，心亂如麻，「准我們幾個人進去？」

「一台車載得下都行，有專屬小巴，嚮導是長期配合的，也正是那天帶吳進昌的嚮導，就是這樣他才願意通融。」簡子芸心緒也是紊亂，「規矩有點多，不過到車上會再跟我們解釋，然後還有個麻煩，他們希望有認識吳進昌的人可以一起去！」

童胤恒一怔，「認識吳進昌的人？為什麼？」

「喂，想去探訪人面魚出現地的是我們，為什麼要問吳進昌的同學們？」小蛙立即反對，「眞是太好了，我跟蔡志友就明天再去找陳明軒好了，嘿。」

「我也這麼認為，我等等想打去婉拒，就說我們不太認識吳進昌，他朋友也在上班之類的！」簡子芸也有點無奈，「保護區居民認為人面魚出現有問題，加上吳進昌身亡的事他們都知道，加上昨天鄭鑫柏跟黃芳儀在賣場的影片也被瘋傳了不是嗎？」簡子芸轉述著領隊所言，「當地人覺得從吳進昌吃到人面魚開始就不對勁，一切都是異象，他們希望有吳進昌的認識且知道這些事的朋友一起去！」

所有人陷入沉默，那天吳進昌吃到人面魚時，當地人的確認為異象不祥，如果說夢幻魚是山神化身，那變成人面魚是否代表生氣了？

「聽起來是合理，但是……」童胤恒沉吟著，「我們就算認識吳進昌的人了吧？應該不需要通知宋妍雪他們，他們也沒我們瞭解事情始末啊！」

「同意！」康晉翊即刻贊成，「讓宋妍雪他們去不太妙！既然知道人面魚可能跟李玟妮有關，帶他們去不是自找麻煩？」

「不會啊，吳進昌沒去還不是掛了？」蔡志友即刻反駁，「連被殺乾淨的魚都能叫住周彩薇，我覺得這倒不是重點，說不定——去那邊才有點轉機。」

「什麼轉機？李玟妮會原諒他們之類的嗎？」小蛙不同意的搖搖頭，「你這說法是以李玟妮就是人面魚主風潮為立基點，跟外星女講的不同。」

童胤恒看著身邊那個正在偷吃他麵的汪聿芃，她倒是一副不在意的臉色，汪聿芃的確說過，她認爲人面魚本來就出現，李玟妮只是搭個順風車。

「不管哪個都危險，水源又同一個，如果在那邊遇到李玟妮呢？」康晉翊審慎的思考。「反正保護區的人根本不知道宋妍雪他們的存在吧？」

「哎唷！讓他們去啦！」汪聿芃把筷子交還給童胤恒，「該面對的就一起面對吧！」

「喂！妳在說什麼？」童胤恒皺起眉，「什麼叫該面對的？」

「既然我們都知道人面魚跟李玟妮有關係，那爲什麼不讓宋妍雪他們進去面對一切？難道要躲在家裡一輩子嗎？或是像吳進昌一樣死得莫名其妙？」汪聿芃搖了搖頭，「既然人家都說可以帶別人進去了，表示不限於我們幾個，就順便帶他們去吧！」

「這樣好嗎？」簡子芸也不贊同，「他們應該也不會願意，誰會想要去人面魚的故鄉？」

「就跟他們說，這是唯一能接近眞相的機會！」汪聿芃倒是說得理所當然，「我覺得這是千載難逢的機會，我們想去也是希望看能不能解決人面魚的事啊！」

現場陷入一片沉寂，蔡志友倒是很快的就贊成，他剛剛就說了，這說不定是宋妍雪等人解決心結的最佳機會。

「我懂她的意思，既然跟李玟妮相關，讓他們直接去面對、去解決這件事，

比我們想辦法來得強，畢竟我們都不是當事者。」童胤恒沉吟了一會兒，「解鈴還須繫鈴人的概念。」

簡子芸看著手機簡訊蹙起眉，「領隊說，保護區的人民想知道事情始末，所以希望相關人士一定要進去對神靈交代。」

「怎麼講得一副他們知道誰是相關人士的樣子？」康晉翊覺得這語氣好強硬。

「說不定啊，他們不是有神靈嗎？」汪聿芃聳了聳肩，「不要小看人家的信仰啊！」

是啊，保護區裡說不定是他們都不瞭解的地方。

「不過如果這是對方要求，又是我們唯一能進去保護區的機會——」童胤恒審愼的看向簡子芸，「試著說服宋妍雪他們。」

「我們六個，再加上他們四個……」康晉翊計算著人數，「領隊有說車子能坐幾人嗎？」

「不必嘛煩，我跟小蛙不去了。」蔡志友突然出聲，一邊扳過小蛙的上臂。小蛙才愣了，「什麼？爲什麼不去？」

「事情都這樣了，跟著去做什麼？」蔡志友冷靜的說，「不如先去找陳明軒比較對，剛剛童子軍說得有理，他沉默得太奇怪。」

「不是，人面魚耶！」小蛙一臉哭求，「說不定那邊整條溪流都是人面魚，或許我們可以知道人面魚的起源，或是——」

「小蛙，經過上次ＳＤ卡的事件，我認眞覺得我們應該分開行動！」蔡志友朗聲說明，「不要全體都栽進一個地方。」

喔喔喔喔！此話一出，小蛙立刻噤聲！

對，上次康晉翊他哥撿到一張ＳＤ卡，貪心的想佔爲己有，結果差點被那張卡做掉！凡是看過內容的人都會發生橫禍，爲了以防萬一，他跟蔡志友被要求不能參與、不能觀看ＳＤ卡的內容，所以他們不會受到傷害。

如此他們反而能第一時間展開救援，幫助隨時會發生意外的同學們。

「保持聯絡！」小蛙乾脆的放下心願，「拜託，錄影，拍照！」

「保證百分之百轉述。」簡子芸微微一笑，「我做記錄你還不放心？」

蔡志友與小蛙完全行動派，立刻就離開了「都市傳說社」。

簡子芸即刻發訊息與宋妍雪等人聯繫，使用汪聿芃的話術，前往保護區、人面魚的故鄉，那個用著李玫妮聲音說話的人面魚，就是從嵐溪來的。

不到五分鐘幾乎全體回應，每一個人都願意請假或翹班，進入保護區……當然也是有不說話的，但鄭鑫柏保證會帶著黃芳儀出現。

「大家膽子都很大耶！」康晉翊看著回應迅速，嘖嘖稱奇。

「黃芳儀還不回應，剛還在問一定要去嗎，周彩薇一句話就堵得她說不出

來。」簡子芸立刻收拾物品。

『妳希望跟吳進昌一樣嗎？』

「八年前的事，總該要有個了斷啊。」汪聿芃托著腮，望著自己手機螢幕裡的人面魚，「人家都把戒指還回來了，親自道個謝也不為過啊。」

正在吃麵的童胤恒看著身邊的汪聿芃，這傢伙每次都會說一些令人發毛的話，可偏偏他覺得，她已經想到了許多他們還沒見到的事。

而且都一定會實現。

按照聯繫，大家在某一站地鐵站外集合，小巴果然已經在那兒等待，領隊叫小高，他上前一一點名，做個記錄，也拍下大家的身分證要即刻保險，接著才帶大家上車。

這是非常特殊的團，是當地人願意讓他們進去的，不走觀光路線，既然要探訪夢幻魚溪流，那麼就會走另一條路；只是全程不許脫隊，都得跟著嚮導走，也不能做出不敬的行為，動植物不可以攀折或是殺害，不許拍照時就不能拍。

「我的嚮導叫烏拉，不知你們有沒有聽吳先生說過？」小高提起吳進昌，又是一陣惋惜，「人生無常，我還記得他是個對食物有熱情的人，有多麼期待吃到夢幻魚的！」

小高坐在最前頭，小巴座位左邊是兩人座、右邊單人座，康晉翊與簡子芸自然坐在一起，後面是汪聿芃跟童胤恒，再後頭是鄭鑫柏小情人們。

靠走道童胤恒的右斜後方單人座是周彩薇，其後是宋妍雪，始終望著窗外，提起吳進昌時，大家都不太說話。

「他還發明了新菜，好好吃！」就汪聿芃一個人熱切。

「眞的啊？我有看到後續報導，還沒機會去吃耶！」小高只能感嘆，「人生無常啊！」

「還不是人面魚的……」汪聿芃話說一半，童胤恒立即摀住她的嘴，少說兩句！

小高聞人面魚色變，變得相當嚴肅。

「這件事有夠不祥，現在整個保護區裡都在討論，不然也不會放你們進去，他們也想知道原委。」小高凝視著每個人，「等等好好跟著烏拉，要對自然心懷敬意，他會帶你們到比較接近神靈的地方，請大家務必尊重。」

「神靈？」黃芳儀的聲音弱弱的傳來，「跟眞的一樣……」

鄭鑫柏拍拍她的手背，「到了人家地盤，學會尊重就對了。」

「對，說得好，學會尊重就對了！」小高再次強調。

「都扯進這什麼事！」坐在單人座的周彩薇望著窗外，滿心的不耐煩，「到底怎麼會變成這樣？」

「總是該做了結吧！」鄭鑫柏反而相當淡然，「八年前的事情本來就是大家心裡的疙瘩，能和平解決就好，要不然吳進昌就是個例子。」

小高回頭望著他們，狐疑的緊皺眉，吳先生？前頭的康晉翊跟他暗示不要理，聽就好。

「那時誰會知道李玟妮會失蹤！」宋妍雪終於也出了聲，大家都很心煩意亂，「我們就只是吵架，大不了斷交，沒有希望誰出事。」

「問題是就是出事了！當年大家都太意氣用事，也都太無情，難怪陳明軒會那麼氣我們。」鄭鑫柏回頭對著兩個單人座同學說，「但說這麼多也沒用，人家說得好，戒指都還回來了，她不想跟我們斷交。」

宋妍雪的臉色陣青陣白，緊握著拳頭，她戒指帶在身上，但萬萬不敢再戴回手上。

「是不想跟小雪斷交而已吧？」黃芳儀弱弱的問著，「那個戒指跟李玟妮的是對戒……」

應該跟他們沒有關係吧？

「別逃避。」鄭鑫柏正首安撫女友，「我們每一個都責無旁貸。」

黃芳儀低泣，緊拉著鄭鑫柏的衣袖，伏在他手上的她突然發現，男友的手腕上……換上了當年那只舊錶。

那是李玫妮用一整個暑假打工的收入，特意買給他的生日禮物。

「閉嘴行不行！黃芳儀，都多大了還只會哭！」周彩薇不爽的朝斜前方罵著，「以前哭現在哭，哭要有用的話我就天天哭啊！」

「小薇，芳儀本來就比較膽小，妳別這樣！」後方的宋妍雪趨前拍拍她，周彩薇本來就是性子最烈的一個。

「我不怕嗎？衝著我們來的是人面魚耶！是李玫妮！誰不怕啊！」周彩薇使勁搥了窗子，「就不過一點小事而已！」

鄭鑫柏前方的汪聿芃突然站起回身，「對啊，一點小事你們就跟李玫妮斷交了，她還失蹤了，只不過一點小事！」

句句嘲諷，再前頭的簡子芸回頭瞥了她一眼並沒做勸阻，童胤恒也不作聲，反正她說得本來就沒錯。

「妳是想吵架嗎？」周彩薇不爽的迎視她。

「惱羞解決不了事情啦！」汪聿芃索性直接轉過去，手肘撐著椅背向著他們，「我覺得你們應該先認眞思考，以你們認識的李玫妮來說，她到底要什麼？」

宋妍雪伸長了手按捺住前座的周彩薇，現在不是吵架的時候，而且那個女孩說得沒錯，大家之所以後來不再聯繫，也是因爲李玫妮的失蹤梗在中間。

周彩薇望著汪聿芃，不爽卻又多看了幾眼。

「好了，坐好！」童胤恒扯扯汪聿芃，小巴比較顛簸，別站著。

汪聿芃依言乖乖坐下，司機的平板播放著新聞，外頭的雨勢也越來越大，簡子芸抹去玻璃窗上的水氣，天色昏暗得像逼近夜晚，從毛毛細雨也變成了大雨了。

「汪聿芃，妳叫汪聿芃？」周彩薇突然出聲，「妳以前是不是住在W鎮啊？」

嗯？汪聿芃一怔，有幾分錯愕頓住，接著才半起身朝右斜後方的周彩薇看去。

「嗯。」她用力點了點頭。

「我就覺得有點眼熟，但妳還是變很多，名字又很熟悉，以前我們都叫妳浴盆記得嗎？」周彩薇一改剛剛的劍拔弩張，「我以前小名叫小蝴碟，因爲我喜歡抓蝴蝶，大家很常在湖邊玩。」

汪聿芃顯得很困惑，歪著頭仔細望著周彩薇。

童胤恒自然也好奇的張望，「同鄉啊？」

「不只同鄉，還一起玩過，但是眞的太小了，她可能不記得了。」周彩薇微笑著，「我只記得某一天他們突然搬家，小孩子也都不知道發生什麼事，只知道玩伴少了一個，但是那時我們很大票，玩個幾天也就忘了。」

「對不起，我還眞的沒有印象。」汪聿芃皺著眉，看上去很苦惱。

「沒事啦，事情也太久了。」周彩薇擺擺手，「我只是覺得很像。」

「好巧喔！」鄭鑫柏也詫異極了，「雖然很小，但是妳還是記得她耶，所以小時候妳們不錯？」

「嗯，因爲她很敢，什麼都往前衝，跟她在一起很放心。」周彩薇聳了聳肩，「不過最重要的是啊，他們家搬得太快，我問我爸媽時，還被罵說以後不准再提浴盆家的任何人了，這點反而讓我印象深刻！」

喔喔，康晉翊即刻反應，「汪聿芃，妳家跑路嗎？」

「沒有吧！我覺得很正常啊！」汪聿芃搔搔頭的坐下來，「我都不太記得了耶！」

童胤恒拍拍她，不記得就算了，這傢伙不重要的事本來就不太理睬，況且現在跟周彩薇攀關係也不見得是好事。

『現在爲您插播一則緊急報導，颱風逼近，又逢大潮，各地的海岸邊都已掀起大浪，請大家千萬不要去觀浪！但是現在出現大批人潮，口口聲聲說要去淨灘，而且屢勸不聽，甚至難以制止！』記者在海邊報導，大風刮得她長髮與裙子

亂飛，『海岸隊根本分身乏術，無法去管制這些人，請大家務必留在家裡！不要以身試險！』

鏡頭移向她的背後，有好幾個人往海邊走去，海岸防衛隊上前阻止無效；沒有爭執，也沒有人吵架，他們就只是筆直堅定的朝海邊去，防衛隊人數過少，根本難以阻擋。

現在擋住這一個，另一個就從旁邊走去，被擋住的這個會一直想往前走，等待他們騰出手去攔另一位時，剛剛被擋下的人就會立刻掙脫離開。

「肖仔！」司機大哥低咒著，「什麼天還去海邊！這種都讓他們死死好了啦！」

大家紛紛拿出手機，自個兒看線上新聞，各家電視台都開始在報導這個奇怪的現象，有記者攔下路人訪問，路人的眼神空洞，持續步行。

『先生，颱風要來了您知道嗎？您還到海邊來做什麼？』

『我要浮潛下去撿垃圾。』男人回答得很清楚，但眼神完全不對焦。

『風浪這麼大，爲什麼一定要現在去？這麼多人，你們是約好的嗎？』

『我必須去。』男人邊說一邊往前，並沒有因此停下，『要去把垃圾撿乾淨。』

『先生，你沒有考慮到危險性嗎？而且這會造成救難人員的負擔，如果救難人員還要救你的話……先生！』記者追不上男人走路的速度，『這是什麼活動嗎？是誰叫你來的？』

『我爸說一定要來，把垃圾撿乾淨。』男人兩眼無神的持續往前，到達了戒備線，記者人是停下了，但那男人沒有。

嗶！防衛隊上前要攔阻，同時更多的人過去，場面根本一片大混亂。

『大家都看見了，除了淨灘，還有人說要潛水進海底去淨海，但是我們可以看見他什麼裝備都沒有，這究竟是怎麼回事？什麼樣的組織在颱風天計劃淨灘呢？目前所有相關組織單位均否認，我們先把鏡頭交還給棚內。』

鏡頭切換到主播，不過畫面右邊有另一個令人驚嘆的畫面，空拍機拍攝道路上塞滿車輛，還有一堆人下車步行，全部朝著海邊的方向。

『好的，謝謝文依。我可以看見各地的海邊都開始出現車潮，造成塞車，而車主紛紛下車以步行的方式前往海邊，現在各地警方全面出動，試圖阻止這種瘋狂的行為。』

「什麼啊……這種天潛水？淨灘？」宋妍雪不可思議的看著新聞，「那些人太不對勁了。」

汪聿芃戳戳童胤恒，他暗暗搖頭，表示什麼都沒聽見。

康晉翊蹙起眉，「每一個人眼神都不正常，這活像集體催眠吧，看他們跟行

屍走肉一樣。」

「剛剛那個人說他爸叫他來……」簡子芸聽到的是這句，「是真的爸爸嗎？」

他們倒抽一口氣，不會是剛好有個父親臉龐的人面魚吧？

「到了到了！大家準備下車！」車速減緩，小高喊著，「我們還蠻幸運，這裡雨不大，剛剛發的雨衣大家穿一下，再加上傘應該沒問題。」

「一定要穿雨衣嗎？」黃芳儀覺得麻煩。

「有的地方怕傘會不好撐啊，樹林間很密的，雨衣就多一層防護嘛，雨斜斜的打，身體會濕的！」小高和婉的說，「不勉強喔，這只是我們在山裡行走的經驗！」

宋妍雪沒多說話已經先套上雨衣了，大家各自忙亂，此時手機傳來震動，童胤恒拿出來瞥了一眼。

瞪圓雙眼的同時，默默拿給汪聿芃瞧，她雙眼銳利的挑眉，嘴角揚起淺笑。

「都市傳說社」的成員早就裝備齊全，他們並沒有穿小高發的雨衣，非常冰雪的穿戴機車專用雨衣！開玩笑，防風防水又長時間，在山裡走，不穿重裝備豈能萬無一失啊！又抗寒又厚，輕便雨衣怎麼比得上！

「哇！」一下車，在那兒的嚮導笑開了顏，「也太專業，你們還穿雨鞋！」

「想說下雨嘛，把機車的裝備穿出來！」康晉翊忍不住自豪，「您好，烏拉嗎？」

「是，我是烏拉！」烏拉立刻上前與之握手，同時向其他人頷首微笑，「請大家下車後往我這裡靠攏喔，颱風要來了，我們得把握時間。」

汪聿芃環顧著四周，果然是保護區，都是樹林，但雨眞的不大，不知道是不是被樹葉擋去了不少。

「是你釣到人面魚的嗎？」她走到烏拉面前就問。

「嗯，是，不過我是釣到夢幻魚。」烏拉輕笑，「我們其實是稱之爲紫魚啦，只是被遊客戲稱成夢幻魚而已。」

「不過你釣的那隻是人面魚。」汪聿芃很堅持他釣到的是人面魚就是了。

「嚴格說起來只有釣到一隻人面魚，我帶團時一共釣到三隻魚，只有吳先生那隻……有點狀況，我其實不相信有人面魚，不祥！」烏拉神色亦變得嚴肅，「爾後我也就不再釣了，吳先生的事我也聽說了，眞的很遺憾。」

說著，他眼神越過汪聿芃朝後方看，原來黃芳儀不想下車，站在車門口那邊跟鄭鑫柏上演拉鋸戰，她不懂爲什麼非得跑到這種地方，四周都是樹林很可怕，而且颱風要來了往山上跑，沒有比那些朝海邊去的人聰明啊！

「芳儀！」鄭鑫柏實在忍無可忍，「不然妳就在車上，我自己去。」

「我不要！」黃芳儀嚷著，「非去不可嗎？你就不能留下來陪我？」

「黃芳儀！妳人都來了現在在盧什麼？」連宋妍雪也受不了的上前，「要說幾次，這是要面對的事！」

「我爲什麼要面對？丟戒指的是妳，說要斷交的是小薇，丟她瓶子的是吳進昌，我從頭到尾都沒說話耶！」黃芳儀突然分貝也高了起來，「她千不該萬不該找我！」

「那就讓我自己去面對！」鄭鑫柏倏地抽手，黃芳儀急著想抓，宋妍雪立刻把她推進車子裡。

「妳就在這裡等我們吧。」她冷冷瞄著黃芳儀，眞是死性不改。

周彩薇不爽的雙手抱胸站在一旁，黃芳儀哭著又衝下車，想要拉回鄭鑫柏。

「你是不是很想念李玫妮？想要再見她一面？」

周彩薇驀地上前，一把拉過黃芳儀把她往鄭鑫柏身上扔，再回身拍了拍車體，「關門，不許再開門！」

裡頭的小高立刻叫司機關門，黃芳儀跌入鄭鑫柏臂彎裡，聽見關門聲時驚恐回頭，「不要！不可以這樣！」

「妳什麼時候要閉嘴？」周彩薇不客氣的瞪著她，「最好那天不說話就跟妳無關啦！不好意思，烏拉，我們好了！」

哇，简子芸暗暗哇了聲，周彩薇還眞有魄力。

「小高不去嗎？」童胤恒留意到車上有兩個人。

「小高沒有在被允許中，畢竟這不是生態團，我們也走不同路。」烏拉無奈的笑笑，「不過幸好我們人也不多，跟著我就夠了……」烏拉一一清點人數，「一共八人，請跟好我，路上的路不會太好走，穿雨鞋的各位沒問題——」

他移動身子，汪聿芃連忙讓開，讓他往後走，同時大家都瞄到宋妍雪穿著皮底鞋，黃芳儀還穿有跟的，嗯……沒辦法，他們臨時請假，情有可原。

「我會顧好她。」不等烏拉開口，鄭鑫柏先出聲。

「請大家照顧大家。」烏拉又嘆了口氣，「不管聽到什麼看到什麼，都請跟著前面的人走，然後因爲小高不在，我需要一個人壓隊……」

烏拉環顧四周，正準備挑一個人時，童胤恒逕直舉手。

童子軍不是叫假的，他本來就是會做這種事的人。

「同學是？」烏拉泛起微笑。

「叫我童子軍就好，我壓後沒問題，我體力跟行動都敏捷。」童胤恒一邊說，一邊把汪聿芃拉到身前，「妳跟我吧。」

「女生走中間好了！」

「我跟他一起。」汪聿芃直接拒絕。

烏拉看著大家各自有各自的團體，也不再強行分配，重點是後面有人壓著便

可，於是帶著大家朝停車的反方向走去，那兒是一片山林，還有個水溝，看過去根本沒路。

臨走前他還拍拍車子跟小高道別，小高跑到車尾透過玻璃跟他們揮手，順便指指時間，似乎要烏拉留意時間。

時間啊，童胤恒抬首，才下午兩點，都覺得要七點天黑了。

跨過小水溝，烏拉眞的是硬走進樹林間，這裡竹林甚密，距離不過一人半的寬度，不是不能走，但走起來確實艱難。

「這也叫路喔？」宋妍雪忍不住抱怨。

「能走的都叫路。」烏拉低笑著，「一段路後就比較寬了，請小心。」

鄭鑫柏爲女友拉好輕便雨衣的帽子，終於知道爲什麼雨傘在這裡不適用了。

墊後的童胤恒回頭看了一眼狹窄的路口跟停在停車場上的車，總共也只有兩台車，一台小巴，另一台應該是嚮導的，所以選這種天爬山的他們，也眞的是瘋了。

「小高沒被允許是什麼意思？」汪聿芃突然回眸，悄聲的問他。

童胤恒垂下眼眸，他也聽出弦外之音。

保護區的某人、或是神靈、或是頭目，只允許他們八個人入山。

爲什麼？

第九章
蜂湧而至的淨灘

『各地交通出現可怕的壅塞，凡是能通往海邊的各級道路全部出現嚴重塞車，而人們不堪堵車竟開始冒雨走在馬路上，讓交通更形混亂！現在沒人知道究竟發生什麼事，請大家看好自己的家人，或是請把家人帶回！』

新聞正報導著外頭的異狀，連主播口吻也變得焦急。

而鏡頭畫面一轉，帶到有一群人身穿普通的衣服，冒著風雨直接衝進了海裡，那是民眾用手機拍下的現場畫面，不見血卻怵目驚心。

『不行！先生！』鏡頭那兒可以聽見救難隊在高喊，但是那是一整排人，前仆後繼的往海裡跳，『小心！快離開沙灘！』

還有數百人在沙灘上，他們眞的在淨灘，一個個撿著垃圾，接著海浪後退，眼看著有一個大浪要捲來，救難隊焦急的往前衝，試圖能救幾個是幾個——結果另一邊衝出一堆民眾，直接壓制救難隊，二話不說往後拖。

『不要去救了啦！根本救不了！不要賠上自己的命！』救難人員被民眾們合力拖走，鏡頭搖晃，接著看著一個大浪打上沙灘，瞬間上頭的人東倒西歪……

浪一退，明顯的少了大半的人。

現場拍攝的最後是尖叫聲此時此刻，還有哭喊聲，鏡頭再切換回主播。

『這眞的太不可思議，毫無裝備去淨海潛水拾撿垃圾，還有淨灘……我們現在呼籲大家不要再去海邊了！』

「怎麼回事啊？」妻子從房間裡走出，看著新聞實在費解，「這種天要去海邊淨什麼灘？這些人也太奇怪了吧？」

老公沒回應，她狐疑的回頭瞥了眼，只見女兒坐在沙發上玩她的玩具，老公卻坐在魚缸邊，凝視著裡面那條人面魚。

「老公？」這是什麼情況？

「啊！親愛的！」老公回首，「抱歉，我在跟媽說話，沒聽到妳說什麼！」

妻子一怔，「你在跟……媽說話？」

她遲疑的問，婆婆已經過世五年多了。

「阿嬤！」女兒指向魚缸，「阿嬤在裡面喔！」

妻子露出有些無奈的笑容，能買到與婆婆相似臉龐的人面魚實屬意外，也是緣份，丈夫當下在攤子前飆淚的模樣她至今記得一清二楚，那是種難以形容的激動。

那明明是隻魚，一隻古怪受到廢水汙染的魚，還是都市傳說中可怕的人面魚，但魚身上的臉卻偏偏是婆婆的，這讓親人如何不動容！尤其還是婆婆那慈藹的面容，是看著丈夫時的母親慈愛。

她雖然很反對，但實在不忍讓丈夫傷心。

「是啊，阿嬤今天吃飯了嗎？」妻子乾脆也跟著說。

「我剛餵過了，媽不太喜歡這牌的飼料，她希望換個牌子。」丈夫說得煞有其事，「還有媽想要佈置家裡，我打算去買些東西妝點魚缸，她還想要有個石拱。」

妻子有些承受不了，「你認眞的嗎？換飼料沒問題啊，什麼媽說的。」

「媽說的啊，妳聽不到嗎？」丈夫吃驚的看著她，再指向魚，「聽，媽在跟我說話，小米也知道！」

「嗯，阿嬤會陪我聊天喔！」小米用力點頭，應和著父親。

妻子打了寒顫，這對父女在說什麼啊，人面魚身與人臉神似可用以寄托相思，聊以慰藉，但怎麼可能會到幻想會說話的境地呢？

「你們在胡說什麼？我知道你思念媽，但你不能跟著小孩一起瘋！」妻子起身，來到丈夫身邊。

「瘋？媽就眞的在說話啊！妳聽，現在她說……什麼？」丈夫認眞的轉過頭去，凝視著魚缸，動也不動。

而裡面那隻人面魚卻眞的像是在說悄悄話似的，魚身上斜，嘴一開一闔的，隔層玻璃附耳在兒子旁。

下一秒，男人站起，轉身就往外走。

「咦？你做什麼？」妻子有些措手不及。

丈夫沒說話，筆直的往外走去，順手抓過車鑰匙，女人驚訝的衝上前，瞧見他正在穿鞋。

「這麼突然是要去哪裡？」

「淨灘。」丈夫打開了門，「我們都得去淨灘。」

淨——女人驚愕的回頭聽著電視播報，奇怪的人們，朝海邊蜂湧而至的人們！

天哪！

機車好不容易停在了一個騎樓下，小蛙立即從車上跳下，瞠目結舌的看著外頭的車陣。

他們一路騎過來時就發現不太對勁，南下的車道全部塞滿，甚至還有人下車步行，外頭可是下著雨，雖不到傾盆，但也不小啊，這些人濕透了卻不在乎，筆直的往前，交警哨子都要吹爛了，也擋不住這大軍。

「太奇怪了，這種天大家是要去哪裡？」蔡志友安全帽都沒拿下來，也好奇的往外望，「而且他們不冷的耶！眼神好直唷！」

「查新聞，這事情網路應該已經有了！」小蛙拿起手機還沒解鎖，一旁的巷子就驚天動地。

砰！「你不許去——」

拍擊聲與尖叫聲同時傳來，巷子跟著駛出一台車子，但一出巷口就被塞住，一旁有位渾身濕透的女人，死命拍打著車子！

不過車主絲毫沒有動靜，直視著前方，不開門亦不降窗，就這麼直直的往前望。

「你不許——」車主看見空隙，一個大右轉離開巷口，女人撲了個空，狼狽的踉蹌，險些跌倒。

蔡志友趕緊上前幫忙，她卻驚恐的看著蔡志友，不敢接受幫助的後退著，伴隨著尖叫，她回身往巷子裡跑去，跟逃命似的奪門而入。

「瘋了！瘋了！我就知道不應該買那條魚！」

徒留站在騎樓下的兩個男孩，一臉莫名其妙。

「一堆人搶去淨灘？還有淨海浮潛撿垃圾？這太厲害了吧，挑颱風天喔！」小蛙嚷嚷，「這根本集體自殺吧!?連裝備都沒有，一堆人就跳進海裡了。」

「所以剛剛那個也是要去的嗎？完全不管他老婆在旁邊敲車門耶！」蔡志友折返，「這怎麼回事？我們不就從學校騎個車過來而已，好像就世界末日了。」

小蛙把手機往口袋裡一塞，「抓個人問問。」

「抓……喂！」蔡志友來不及阻止，伸手一抓抓了個空，小蛙已經衝出去了。

有些人是步行的，有人騎車有人開車，但是每個人都像喪屍，睜著不會眨動的眼，像被操控般的傀儡般毫無意識。

「同學！」小蛙攔下一個騎腳踏車的女孩，還大膽的抓住她的手與龍頭，「妳要去哪裡？」

女孩望著遠方回應，腳仍想往前踩，只是被小蛙制住，「我要潛下去撿垃圾。」

「這種天氣？颱風耶，妳瘋了嗎？」小蛙整個人擋在車前，推著腳踏車往後，與女孩抗衡。

但不管他怎麼推，女孩就是想繼續往前騎，她不吵不鬧不尖叫，剩下的唯有執著。

「誰叫妳去的？」蔡志友也跑了過來，幫著小蛙阻止腳踏車前進。

「爸爸，爸爸說一定要去。」女孩茫然的回應，卻露出一抹笑，「非去不可！」

「爲什麼？」

瞬間，女孩的眼神竟對焦般的看向蔡志友，接著泛出一抹詭異的笑，笑得小蛙登時鬆開手，全身起雞皮疙瘩。

「因為這是我們欠他們的。」

她陰鷙般的說著，冷冷的自鼻孔哼氣，龍頭一轉逕自往前騎去。

我們欠他們的？小蛙滿臉疑惑的望著女孩離去的背影，再看向蔡志友，「你聽懂你們跟我們還他們是在說三小嗎？」

「我只想知道她家是不是也養了人面魚。」蔡志友拖著小蛙往騎樓去，因為他們幾乎是在馬路中央。

「娟！小娟！」後方有女人高聲喊著奔來，第一時間跑向小蛙，「你為什麼沒阻止她！」

欸豆……小蛙一臉無辜錯愕，「這位太太？」

「你不是攔下她了嗎？為什麼不拉她下車？」母親歇斯底里的哭喊著。

「我……我只是要問事情，我拉她下車會被告吧！」小蛙只覺得莫名其妙，干他屁事！「大姐，妳知道妳女兒這種天要去潛水嗎？潛到海裡去撿垃圾！」

「我知道，我勸不住啊！她好像被什麼附身了！」母親揪著心口，「我得去追她，我……我應該要騎車去！」

「大姐！等等！」蔡志友知道母親心急如焚，乾脆跟著她跑，「妳知道她說是她爸爸叫她去的嗎？」

女人瞬間瞪大雙眼，臉色刷白的看向蔡志友，大雨溼了她臉龐，分不清她是

否在流淚，「都是那隻魚！她說是那隻魚叫她去的！」

「是長得跟爸爸一樣的人面魚嗎？」蔡志友實在很不想這麼問。

「我就不該買那隻魚！」母親尖吼著，一股腦兒地往前衝去。

蔡志友停下了腳步，幹！忍不住低咒出聲，出事了。

「怎麼樣？」小蛙這才追上，該不會真的養魚吧？

「對！是魚叫她去的，而且直接認定那條魚是親人了！」蔡志友喃喃碎唸，「我們欠他們的，他們指的是魚嗎？」

「或是人海。」小蛙也大概理解了，「這就是人面魚的目的嗎？看看這些人活像喪屍，根本沒有自主意識了。」

不知道是雨水冰冷還是氣氛，兩個男孩感到無比沉重，新聞畫面裡那一個個跳入大海的人、那一批批隨著海浪被捲走卻依然前仆後繼的人們，彷彿都應了簡子芸說的另一個都市傳說。

但他們暫時無法管這個集體催眠，警方都無法了，他們還有更重要的事要做。

人車太多騎車不便，幸好陳明軒的家距這兒不到兩個巷口遠了，輾轉搬了好幾次家，總算找到新住址，拜託，千萬不要也跑出去要淨灘啊！

沙沙……

林間斜雨，感受不到外界雨勢有多大，但篩入林間後都變成小雨，強風刮送低溫，一排穿著雨衣的人在滿佈落葉的地上走著，障礙物太多，不致濕滑。

『有人不顧一切的……跳進海裡，根本無法控……控……沙沙……』

童胤恒壓了壓籃芽耳機，收訊眞的越來越差，連新聞都要聽不見了。

回首望去，一整片的樹林，他們走了大概半小時有，扣除進入時的竹林較窄外，接下來的路都還算寬敞，雖然都不是步道，但是看得出來有人在走，都是壓實的土地。

只是又濕又冷，加上毫無方向感只有樹林，天色昏暗，只是令人不安感徒增。

新聞確定斷訊，童胤恒拿出手機的同時，前面三個做了一樣的動作，他不覺莞爾，原來都市傳說社的大家全部都在聽廣播。

訊號全斷，不只是廣播，連通訊都有問題，眞不愧是保護區，沒有訊號。

「都市傳說社」群組最後一通訊息是小蛙傳的：『靠夭，一堆人聽人面魚親人的話，都跑去跳海啦！』

「天哪！你看訊息了嗎？」康晉翊回頭喊著，「淨灘那個集體催眠果然是人面魚幹的！」

前頭的人聞聲，跟著不安回頭。

「這就是牠們的目的吧！」簡子芸緊張的說著，「先用親人的臉誘拐大家買回去，接著再進行集體催眠！說不定家裡那條人面魚還眞的會說話咧！」

「那鐵定不是問魚肉好呷嘸？」汪聿芃咬著唇，眞是令人不快，「這麼多人不顧一切的到海邊去，下去穩死的啊！」

一命還一命。

童胤恒突然想起簡子芸曾說過的衍生都市傳說，魚精管理的湖泊，人類釣起一隻魚，牠們就要拖一個人下去……

「在說什麼？」宋妍雪停下腳步回頭問著。

隊伍是鄭鑫柏與黃芳儀在最前面，緊跟在烏拉身後，接著是宋妍雪、周彩薇，後頭才是康晉翊與簡子芸。

「啊，沒什麼，我們另外的夥伴發現那群堅持要去淨灘的人們，應該是被人面魚蠱惑了。」康晉翊用平淡的語氣說著，「類似催眠，用逝去親人臉龐催眠人去做這件事。」

「那些重工業汙染的人面魚？」周彩薇不悅的搓著雙手，「怪噁心的！」

「可是這種天去淨灘或是潛水根本必死無疑吧？」鄭鑫柏不解的問，「如果是親人的話，怎麼可能眼睜睜讓孩子去送死？」

「那只是有著親人臉孔的人面魚，我不認爲眞是親人。」童胤恒深吸了一口氣，「這就是個局。」

打從大量的人面魚出現開始，只怕就是爲了這天。

「呃，大家邊走邊聊好嗎？」前頭的烏拉擊著掌，「我們不要停下！說話也要小心腳步。」

「還要多久？」黃芳儀無力的問著，「好難走喔！又濕！」

「再一段我們就到休息站了。」烏拉回頭高喊，「大家加油，我們是要去神靈處，會比較難走是正常的。」

神靈，童胤恒聽著倒是怪彆扭的，並非不信自然萬物的神靈，而是……如果人面魚事關李玫妮，她又怎能在神靈之處出現？

他再瞥了眼手機，放進口袋裡收妥，戳戳前頭的汪聿芃，一句話都沒說，她就明白一切的劃上微笑。

「忘了跟大家說，我們去找過你們當年的朋友或老師了。」汪聿芃朗聲開口，聲音朝前傳，前頭四個人不由得再度停下腳步。

「邊走！」康晉翊提醒著，輕推著他前方的周彩薇，「邊走邊說。」

簡子芸率先說明了比賽的事，李玟妮那晚說的是實話，她只是建議老師更改題目為吳進昌的強項，從未提過換人。

「檢舉？誰去幹這種事？」鄭鑫柏聽了怒不可遏，「根本故意的！」

「檢舉這種事無中生有吧？而且吳進昌是嗆了點，但哪有打架？」周彩薇聽了也火，「但是真的不是李玟妮說的？」

「老師親口說的。」簡子芸斬釘截鐵的回應。

「再然後啊，周彩薇的曖昧對象我們也找到了，他說李玟妮有去找他，但沒說過性格不合，只是叫他要好好把握，不要再曖昧下去了。」康晉翊接著繼續說，「所以他本來打算畢業那天跟妳告白的！」

周彩薇戛然止步，「什麼！他沒有啊！」

「至於宋妍雪的前男友，他否認有過卡片，送禮他認為好友互送天經地義，沒對不起誰。」康晉翊停頓兩秒，前頭一片死寂，「我想知道的是，是誰告訴妳他們兩個私下來往，還有卡片的事？」

宋妍雪回過身子本想倒退著走卻枉然，只好放大音量，「這需要誰跟我講！卡片是我親眼看見的！」

「禮物擺在哪裡啊？如果是私下送的話，又怎麼會讓妳找到？」康晉翊一點都不覺得有心要藏會這麼傻。

「就在他背包裡，卡片還放在前袋，拉鍊刻意拉起來！」宋妍雪記得一清二楚，「他跑去買東西吃，我立刻就看到了，看到禮物時我還沒想什麼，但是一看到卡片我火就上來了！」

「等等，既然拉鍊拉起來——」連鄭鑫柏都覺得莫名其妙，「妳是徹底翻謙進的書包喔？」謙進，是宋妍雪當年的男友名字。

「最好！我是那種人嗎？」宋妍雪翻了個白眼，「要不是芳儀提醒我，我根本不會知道好嗎？」

黃芳儀挽著鄭鑫柏的手，緊了些。

「對，也是芳儀親眼看見李玫妮去找那個男孩的，畢業當天他是跟我說，我們當朋友就好，不適合交往！」現在想來已經沒有氣了，周彩薇只是不解，「哪件事冤了她？」

「噢，那——是不是也是黃芳儀看見李玫妮去找老師，說要撤換吳進昌的事？」汪聿芃笑笑的問，分貝拉了高。

「對……」宋妍雪回身想回應，卻突然怔住。

都是芳儀？周彩薇看著走在最前頭的背影，對啊，都是芳儀！

連鄭鑫柏也都在數秒後，低首看向緊挽著自己手臂的女友，但是他接著回頭看向最後，「請問妳是什麼意思？汪什麼的？」

「我叫汪聿芃！」她不太高興的回應著。

「我就眞的看到李玫妮去找老師啊，隔兩天老師就說要把吳進昌換掉了！」黃芳儀咬著唇悶悶的說，「她跟謙進送禮物就約在很隱密的地方，我只是剛好瞧見……」

簡子芸輕笑，「是多隱密？聽說就一般教室外面。」

黃芳儀深吸了一口氣，「反正就是……爲什麼好像在針對我？」

「也不是針對你，只是我們剛剛下車前，我終於收到一個叫蘋容的人傳來的訊息。」童胤恒正伸長手，爲汪聿芃撥開前頭一枝彈回來的長枝。

蘋容？黃芳儀驚訝得整個人轉回身，差點絆到前頭的小樹樁。

「小心小心！」烏拉跟著回頭喊著，「我說了，這裡路很窄，大家專心往前好嗎？」

鄭鑫柏趕緊攙著黃芳儀往前，「蘋容不就是排擠妳那一票？」

「小團體嗎？不是說聯繫不上？」康晉翊倒是很訝異，這消息他們沒接收到。

「我以爲斷聯啊，但她們剛剛回了，用社群軟體的訊息！」童胤恒看見訊息時，有種瞬間豁然開朗的感覺。

「她們一定亂說話，她們討厭我，她們——」

「閉嘴啦！我要聽那個童子軍說！」周彩薇厲聲喊著，「童子軍，請說！」

宋妍雪心涼了一半，她剛剛迅速地回想了一遍，所有的事情如果仿照刑事案件都畫在白板上，誰說的誰做的都貼上一張代表照片，那所有的線就剛好有兩個交會點。

一個叫李玫妮，一個是黃芳儀。

「太久了我們不太記得細節，但確定當初不跟黃芳儀來往，是因爲她是個很會腦補又愛搬弄是非的人，她超常無中生有或是挑撥離間以吸引大家的注意！」童胤恒照著手機訊息唸著，「我們才四個人她都搞出好幾次事件，她朋友來找我們，質問我們爲什麼中傷她，從頭到尾，只有黃芳儀一個人會中傷人好嗎！」

「閉嘴！」黃芳儀驀地甩開鄭鑫柏的手，回身想朝尾端走去，「閉嘴，說謊！她們都在說謊！」

「各位——」烏拉突然朗聲，打斷了這一切緊繃，「休息站到了。」

雨勢驟大，雨大到擋風玻璃能見度甚低，男人緊繃著身子，小心翼翼的開著車。

前方已經看不見道路了，他是用一旁的植物跟石欄當基準點，知道水淹得還不深，車子駛過自然無礙，但看著河水暴漲，他心中就是不安。

「喂！喂，小李！」打了電話給工廠，「情況怎麼樣？」

『老闆！雨太大了，工廠好幾處漏水，我們正在補！』小李是廠長，掩著嘴大吼。

「機台呢？機台一定要注意！千萬不能濕！」他緊張的喊著。

『老闆放心！機台上方都沒事！』廠長在那邊喊著，『我們會留意的！』

「我馬上就到！撐著！」

『……嗄？老闆，這種天就別過來了，河水暴漲了啊！』廠長一聽可傻了，『我聽說已經有橋被沖斷了啊！』

「我走的這條沒有！」老闆低嚷著，「好了，我等等就到。」

『老——』廠長來不及說完，老闆便切掉了電話。

車駛過積水，總是激起一排水花，說實在的，很多地方他都分不清楚哪邊是路哪邊是河水了，一切都以路旁欄杆爲標準，小心行駛；這種天氣倒也不必看後照鏡，因爲後方根本沒車，不過要留意的是前面，能見度眞的太低，這種雨根本是用倒的……

朝旁邊一瞥，他緊踩煞車！

嚇得鬆開安全帶，湊到副駕駛座張望，這裡是他的工廠廢水排放口，但現在已經看不見水管口了！

最詭異的是，隱約在出水口之處，有密密麻麻的魚正爭先恐後的往水管裡鑽，那魚何止幾十幾百，多到都堆出了水面，還有魚被擠到水面之上，在那兒啪啪啪亂跳的。

就像觀光區的肥碩大錦鯉，飼料一灑搶破了頭，可以堆出一座錦鯉山似的可怕……只是把那個景象乘上十倍、二十倍，就這條河川裡的模樣。

「搞什——」

啪！有條魚突然飛了過來，就落在他的擋風玻璃上。

失去水的魚在上面掙扎猛跳，啪啪啪啪的跳個不停，老闆即刻回到座位，打開雨刷想把那隻魚給刷掉，結果左右兩方竟同時飛來更多的魚，一隻隻落上他的車頂、引擎蓋、甚至撞上他的駕駛座玻璃旁，砰！

「滾開！」他用力鳴下喇叭，踩著油門往前，才一踩下車子就碾過了東西，一震接著一震，下頭不知道有多少東西！

他不敢開窗，因為魚依舊接連飛來，努力透過窗往車底下望去，竟見河水暴漲伴隨著大量魚群，鋪滿了整條路，所以車子一行就是碾盡一堆魚。

不過就是魚，男人不在乎，只是路面不顯難以加速，不然就一路開過去碾光就好了。

啪！啪噠啪噠，一大堆的魚持續遮去視線，雨勢就已經夠麻煩了，連魚都來

湊熱鬧！

「滾開！滾開啊！」他氣到拍打擋風玻璃，奇怪的是這些魚在他車上猛跳猛跳，為什麼就滑不下去呢？

『魚肉好呷嘸？』

嗯？男人一怔，剛聽到什麼聲音？

啪噠啪噠，啪啦啪啦，『魚肉好呷嘸？魚肉好呷嘸？』

聲音越來越大，男人不得不再度煞住車子，辨識聲音打哪裡來——緊接著那聲音竟從四面八方同時傳來！

『魚肉好呷嘸、魚肉好呷嘸、魚肉好呷嘸——』重重疊疊的聲音，來自兩旁、車底、還有前方……簡直是立體聲響，男人不是不知道人面魚的都市傳說，慌亂的打開了大燈。

啪，大燈一打，照亮了前方，也照亮了摔在他車上的魚群們……看看那斑斕多彩又肥美的魚，每一隻魚身上都浮著一張猙獰的臉！每一隻！

『魚肉好呷嘸？魚肉好呷嘸？』人面魚的臉同時張嘴了。

人面魚！老闆嚇得踩下油門，不顧一切的往前衝，他想把車上的魚都甩掉，忽視輪子碾碎一隻又一隻的魚的震顫，他只想快點離開這裡，快回到他的工廠坐鎮防……災……

橋就在前方，遠光燈照得通亮，照亮滂沱大雨的雨珠、照亮不停摔在他車上的人面魚，還照亮了前方橋上的詭異景象。

數以百計的魚層層疊疊，自小橋左右兩方朝中間疊起，終至在橋上相疊，形成的是一條巨型的魚。

而這以小魚組成的大魚牆，一樣在魚身上有著一張咆哮般的人臉。

『魚——肉——好——呷——嘸——』

這是什麼異狀啊!?居然是這麼大隻的人面魚！

「啊啊——妖孽！」老闆緊握方向盤，看著兩旁的欄杆，判斷著橋的位子與積水深淺，腳下油門一踩，心一橫就要衝散那魚群！

不過就是魚而已，管牠變種魚還是人面魚，只有在水裡才有用的東西！

車子高速往前衝，磅的瞬間衝破魚群，但車子卻沒有衝過橋，因爲車頭跟著往下沉去……咦？

叭——男人死命踩著油門，卻反倒加速的衝進了河裡！

『老闆，橋斷了，你就別上來了!!』廠長話言猶在耳。

橋斷了！高漲的水瞬間吞沒了車子，男人情急之下推開車門，幸好他還是諳水性的，至少可以在沉下去前快點爬上去……男人才離開車子，人面魚立刻飛撲而來一尾……兩尾三尾無數尾魚！尾尾打臉！

「哇——」大批的魚往他身上砸來，他因恐懼掙扎，瞬間偏離了原本的方向！

河水湍急，男人伸手想抓住什麼，但是一波一波的水湧來，他即刻又往下沉去……汽車大燈照亮了河水下方，男人掙扎著想要再浮出水面，卻只看到團團包圍住的魚群們。

一圈又一圈，無數尾魚將他包在中間，甚至蓋過了他的頭頂，遮去水面的光線。

男人驚恐的瞪大雙眼，眼前每一隻螢光多彩的魚兒，全部都是人面魚！

滾開滾開！他揮舞著掙扎著想要游出水面，立刻被團團的魚兒包圍住，然後……牠們竟張開了嘴，往他身上咬下！

『魚肉好呷嘸？』、『魚肉好呷嘸？』、『魚肉好呷嘸？』

「哇！哇啊……噗嚕嚕……」

這不過是一群……只有在水裡才有用的東西……

『人肉好呷嘸？』、『人肉好呷嘸？』、『人肉好呷嘸？』、『人肉好呷嘸？』

『好呷好呷！』

『好呷好呷！』

第十章
人面魚的發源地

所謂休息站，是個像候車亭的小棚子，但有總比沒有好，大概能擠得下十幾個人，空間不大，不過至少暫時不必淋雨，烏拉宣布休息十分鐘，再一會兒就到了。

但是，現在也沒什麼人在意天候就對了。

汪聿芃提出了每件事都是「黃芳儀說」，也讓每個人都開始回憶過去的事情。嬌弱的黃芳儀顯得侷促不安，她紅著眼睛搓著雙手，緊緊挨著鄭鑫柏不想離開。

「是妳跟我說卡片放在前袋拉鍊裡的，他的背包一直都放在那裡……妳比我早到。」宋妍雪努力的回想起八年前的事情，「那時我一進來妳就跟我說，妳發現一件事不知道該不該講。」

「所以我很猶豫啊！」黃芳儀楚楚可憐的說著，「大家都是朋友，我才不知道當不當說。」

「妳最後還不是說了！」簡子芸冷笑一抹，「前面說這麼多只是鋪梗，而且當妳這樣對別人說時，誰會說不想知道！」

這種技倆誰都知道。

「我是真的很猶豫！我也怕我弄錯啊！」黃芳儀不平的嚷嚷，「你們是外人，懂什麼！」

宋妍雪挑高了眉，質疑的看著黃芳儀，她總覺得自己遺漏了什麼。

周彩薇雙手交叉胸前，在棚子裡來來回回踱步，她倒是寡言，只是突然抬眼瞄向汪聿芃。

「你們要不要直接說？」她逕直走向汪聿芃，「你們找了那麼多人，也問了話，應該理出什麼了吧？」

汪聿芃眨了眨眼，歪著頭看向她，「你們呢？八年前的事理得清嗎？」

「理得清就好了，都八年了，記憶根本不會這麼深刻。」靠著牆的鄭鑫柏直起身子，「但是你們提醒了我們，不管是吵架或是誤會，當年每個人都有發生事情，看似單純但一起談開時反而變得複雜，最重要的是我們誰都沒查證，也沒有細想過。」

例如爲什麼沒人親自去問老師換掉吳進昌的理由，也沒有人確定李玫妮對老師說了什麼；謙進否認了卡片的事，與小雪大吵，但小雪卻從未找李玫妮對質過。

畢業典禮那天周彩薇強顏歡笑跟大家一起去唱到通宵，他記得她那晚喝啤酒喝到醉，可是隻字未提與阿德的事。

連他自己也是，沒有跟其他男性同學求證過，光是聽見玫妮「最喜歡謙進」，或是跟別的男生交好，他就不能接受了。

「誰會想要查證？我光忍就忍到內傷了。」宋妍雪是瞪著低首的黃芳儀說著的，「我不想破壞這段友誼，我想著不要爲男人毀了七人眾。」

「我那連發芽都沒有的戀情更是不必拿出來談，我知道我跟那傢伙個性可能不合，只是覺得輪不到李玫妮說嘴。」周彩薇回過身，「反正大家都是爲了顧全大局，卻忍到那晚爆發。」

鄭鑫柏瞄向了側身貼著牆，始終盯著地面的黃芳儀，「每件事都是妳看到、妳聽說的，芳儀。」

周彩薇大步上前，不客氣的扳過黃芳儀的肩頭，嚇得她失聲尖叫，「呀！做什麼？鑫柏！」

鄭鑫柏趕忙上前扣住周彩薇的手，「妳不用這麼粗暴吧！」

「護？還護，現在是要她說清楚的時候！」周彩薇不客氣的與鄭鑫柏對瞪，「到底事情是不是她親耳聽見的？」

接著，她不客氣的把拉近身的黃芳儀，又給使勁推回牆上去。

唔……黃芳儀驚恐的堆起雙肩，咬著唇又淌淚，康晉翊早就叫大家隔岸觀虎鬥，這可不是他們能介入的，這群好朋友只是接續完成八年前沒做的事而已。

汪聿芃默默找尋第九個人，烏拉沒站在棚子裡，他就在棚子外的一棵樹旁輕靠，比他們更像看戲的人；棚子像是一個電影螢幕，他坐在ＶＩＰ席上，觀賞

著，也留意著四周。

「我、我看到他們私下送禮物，我照實說了啊，那天我先到社團，謙進要我幫忙看包包去買飲料，妳一進來我就跟妳說了，其他是妳自己看到的不是嗎？」黃芳儀委屈得抽抽噎噎，「小薇、小薇的事，我也是看見李玟妮把他叫出去而已……」

「而已？妳跟我說，聽到她對他說我們個性不合，要阿德好好考慮！」周彩薇一字一字，發現自己竟沒有忘記這件事。

或許因爲這是未萌芽就胎死腹中的戀情，加上是好友所爲，才難以忘記吧。

「我只是說好像、好像……我只聽到片段！」黃芳儀囁嚅的說，「其他都是妳們自己說的，我都沒有親耳聽見啊！」

童胤恒暗暗做了個深呼吸，這就是一種話術，「我不知道該不該說」，就是引誘他人想知道，最後說出口，是因爲「逼不得已」，但其實打從一開始就打算講了。

後面的聽說、好像，再結合發生的事實，誰會不想在一塊兒，更別說八年前，都是血氣方剛的高中生而已啊，中二啊！

「哼，說起來好像還是我們的錯，是我們誤會李玟妮了。」宋妍雪無力的自嘲，「呵呵，笑死人了，我們自己腦補，集體冤了李玟妮？」

「我不知道……」黃芳儀含著淚，抬頭看向男友，淚眼汪汪。

鄭鑫柏是凝視著她，但是眼神轉爲冰冷，盈滿了質疑，按照她這麼說，他們當年還眞的是冤了李玟妮？他因爲這樣與她分手，讓她一個人在黑夜奔離哭泣，然後發生了無人知曉的狀況，再也沒有出現？

「是這樣嗎？」周彩薇瞇起眼，回頭看向了就近的康晉翊，「我不覺得一切是誤會這麼簡單，我承認我的確認定是李玟妮幹的，但……這還是不能解釋爲什麼李玟妮希望他跟我告白，可是阿德最後卻跟我說只做朋友？」

「因爲李玟妮前腳一走，就有另一個人去找他了。」童胤恒順當接口，「無縫接軌，說你們個性不合，妳其實不喜歡他，覺得做朋友就好，平常只是敷衍相處。」

周彩薇瞪圓了眼，緩緩的轉向黃芳儀，「立刻有人？是剛好看見他跟李玟妮說話的那個人嗎？」

「宋妍雪的前男友堅持沒送卡片，想想卡片沒在禮物裡也有點怪，擱在前頭小袋子裡爲何會讓黃芳儀看見？」簡子芸溫溫的質疑，「我只是好奇，當初妳能確認卡片上的字，是李玟妮寫的嗎？」

宋妍雪顫抖著做了個深呼吸，她不行！她根本不記得那張卡片上面的字，她只知道一看到「最喜歡你」這四個字時理智線就斷了！

「玫妮不喜歡寫卡片。」鄭鑫柏輕聲開口，「她連送我這隻錶時也沒有卡片，她說過討厭寫字，卡片收到也不知道做什麼，索性不寫了。」

爲什麼他到現在才想到？

宋妍雪收緊下顎，逼近了黃芳儀，「黃芳儀，到底怎麼回事？」

「我不知道我不知道！」她哭喊著，轉身躲到鄭鑫柏背後，「妳們又在欺負我了，妳們找不到理由，妳們害怕李玫妮，就想讓我頂罪！」

鄭鑫柏痛苦的闔眼，一轉身就把她逮了出來。

「不要再故作可憐了！芳儀，妳一直喜歡把自己放在受害者的位置上！妳沒這麼可憐也沒這麼弱小！」鄭鑫柏搖著她，「我拜託妳，說實話吧！」

「我說的都是實話！」黃芳儀驚恐的推開他，直接朝棚外跑去，「我要離開這裡，我想回車上！」

她直接奔向烏拉，烏拉嚇得直起身緊扶住撲過來的人。

「又逃避！」周彩薇翻著白眼，「妳以爲逃回車上就沒事喔？那天賣場裡的魚全盯著妳忘了嗎？如果是李玫妮，妳最好躲得了一輩子！」

「不關我的事！不關我的事！」黃芳儀雙手掩耳，她不想聽！

她哭著往剛剛來時路奔去，烏拉嚇得跳起來，「等等！樹林裡不要亂跑，妳會迷路！」

他直接追上去，幸好黃芳儀穿跟鞋，又因爲走了大半天，後腳跟早磨破了皮，根本跑不快。

童胤恒跟著緊張的追出去，汪聿芃亦然，康晉翊回頭望向棚子裡的眾人，他們跟八年前如出一轍，居然沒有人想追上她。

烏拉拉住了黃芳儀，她變得歇斯底里，嚎啕大哭。

「你的女朋友，處理一下吧？」康晉翊厭惡的說著，「又想跟八年前一樣，看著嗎？」

鄭鑫柏綳著，雙拳緊握，不客氣的瞪著康晉翊，還是上前走去，從烏拉手裡拎回黃芳儀。

「我要回去！我要回家！」她掙扎著，鄭鑫柏自後背勾著她的腹部，她還是胡亂的扭動。

「妳一個人走會迷路的，我們來時走了多遠，忘了嗎？」烏拉嘆口氣，用力擊掌，「好吧，我們先繼續往前走，至少走出這裡大家比較不會這麼悶！」

「我不要再走了！」黃芳儀尖叫著，「你到底要帶我們去哪裡？」

烏拉帽簷下的臉溫和，始終掛著淺淺的笑意，「人面魚的發源地啊，不是你們的要求嗎？」

「是！是是是！」康晉翊可是點頭如搗蒜，他們沒有忘記此行眞正的目的！

人面魚的發源地啊！提起這個突然又動力十足了。

汪聿芃眼底泛出困惑，逕自輕笑，在那兒搖著頭，童胤恒見狀大掌往她頭罩，她的天線一定又接到什麼特殊訊號了。

他呢，無奈的嘆氣，要說誰最不該來這裡，非他莫屬吧！人面魚的發源地？是整條溪都要高喊「魚肉好呷嘸」嗎？

「我不要再看人面魚了！那好噁心！」黃芳儀搥打著抱著她的男友，「而且你們現在都在針對我，跟當年一樣，你們集體欺負我！」

跟當年一樣啊……宋妍雪心頭一緊，是啊，這不就是八年前的翻版，只是那時被批鬥的是李玫妮，現在是黃芳儀罷了。

「這樣或許妳多少能理解李玫妮的感受吧！」童胤恒忍不住出了聲，「都到這時候了還把大家當傻子，那個小團體明明就說妳愛挑撥離間所以才疏遠妳，李玫妮還是爲妳仗義，妳卻可以說成是她害妳被排擠！」

黃芳儀停止掙扎，瞪著地板，豆大的淚水往地上滴落。

「我……從來沒有說過，是李玫妮……」

「對，妳只說李玫妮找了蘋容她們出去，然後蘋容她們就不再理妳了。」鄭鑫柏記得一清二楚，「是妳什麼都沒有說清楚，都是我們自己跟接下來發生的事聯想、腦補、連結。」

「這只是藉口，一件事有三句話，妳說了頭尾，中間讓大家補，誰不會誤會？」汪聿芃用好笑的語氣說著，「擺明就是故意的，還要硬裝無辜，那個小團體比你們這什麼七人眾聰明多了！」

無從反駁。

周彩薇斜眼睚了汪聿芃一眼，心裡說不出來的悶，因爲她說得沒錯，那個小團體早就發現了，而他們卻傻傻的未曾留意到。

「不是什麼傻，我想是因爲太珍惜這段友情吧。」

令人錯愕的，說話的是嚮導烏拉，他搖了搖頭，爲他們興起一絲感嘆。

比劃一個往前走的動作，他逕自帶隊朝前；宋妍雪用力做了個深呼吸，掠過鄭鑫柏身旁跟上，接著是周彩薇，鄭鑫柏放下哭泣的黃芳儀後，還是拉起她的手，沉默的尾隨而去。

「小團體的事是眞的嗎？」看著他們走入小徑內，康晉翊即刻上前低語。

「千眞萬確。」童胤恒頷首，「我才不會亂說。」

「最後要是確定是一場誤會就妙了，無謂的口角、失蹤一個朋友、還斷了友情哦，就因爲……」簡子芸跟著嘆息，「朋友之間爲什麼要這麼做？」

「人的話一定有動機吧，逃避、裝可憐、裝弱小、希望獲得注意，就是黃芳儀的特徵。」汪聿芃聳了聳肩，「不過我想她再怎樣，初衷應該也不希望李玫妮

失蹤啦！」

童胤恒輕推了她的頭一下，「要是一開始就希望她失蹤，那就叫預謀犯罪啦！」

康晉翊低聲笑了起來，趕緊跟上，一邊準備架起手機，等等要是能見到人面魚的起源地，不拍下來怎麼說得過去呢！

小蛙跟蔡志友可是等著珍貴的畫面啊！

一路上別說沉默了，簡直可以用死寂來形容。每個人心中都是千頭萬緒，或許想著過去的歡樂時光、或許想著誤會是怎麼產生的、或許自責著大意、也或許想著李玟妮那晚究竟發生了什麼事？

很快的，不到十分鐘路程時間，烏拉慢了下來。

「到了！」烏拉先一步繞到旁邊，再數一次人頭，「呃，那個抱歉，這裡禁止拍照錄影。」

「咦？」這句可是夾雜著大失望異口同聲，「可是——」

「請尊重，真的不能拍。」烏拉意有所指，「也不適合。」

看著他突然斂起的笑容變得嚴肅，康晉翊也不想再爭論，默默的將手機從自拍棒上取下，汪聿芃只好不情願的收起手機。

唉，四個人同時長嘆。

「雨越來越大了，等等出去後就沒有太多樹木，要打傘的可以打。」烏拉解釋著，「往左邊看就可以看到有個亭子，我們可以進去裡面避雨。」

烏拉笑看著爲首的宋妍雪，做了一個請走的動作。

她直接邁開步伐，走沒兩步就是林徑末端，一出去豁然開朗，雨勢少了密林的阻擋瞬間變大，大家陸續撐傘，大雨在傘上敲出滴答滴答的聲響，放眼望去雨霧矇矓，一片濃厚霧氣，不過還是可以隱約的看到烏拉說的亭子。

宋妍雪加快腳步往前，這邊地上是人爲鋪設的石子好走許多，兩旁還有草坪，但相對於林間竟滑了許多。

「大家小心路滑！」她提醒著，尤其這種上班族的鞋子簡直是找死。

周彩薇環顧四周，遠方有著一排黑影，霧實在有點大，但是那看上去很像是……小木屋？

「咦？」黃芳儀戛然止步，倉惶回身看著他們走出來的林子，再轉回來看著前方，「這裡？這裡不會是……」

鄭鑫柏倒是不解，只想快點到有遮蔽物的地方，因爲雨實在超大的，這種輕便雨衣根本形同虛設！他加快腳步往亭子那邊奔去，第一個進入了亭子，大大鬆了一口氣。

「康晉翊不要跑！」汪聿芃叫住準備小跑步的康晉翊，「這種地很危險啦！」

康晉翊煞車，聽話的慢行，就算他們穿厚雨衣加打傘，這雨斜打在臉上還是濕啊！

「這邊！快點！這兒很大！」鄭鑫柏嚷著，往旁邊一瞧，「而且還有……」還有？

他錯愕的看向九點鐘方向那一片霧氣蒸騰的湖面，在這瞬間驚嚇得倒抽一口氣——這裡！

宋妍雪站在亭子外，抬首望去，亭子上的牌匾清清楚楚，歷經八年而未有變化啊。

「嵐、潭、休、息、區。」汪聿芃在亭子邊看到了一塊石碑，「這裡是嵐潭？」

嵐潭？簡子芸登時一愣，他們不是要去保護區嗎？爲什麼會彷彿翻座山般，到了隔壁的嵐潭……李玫妮失蹤的地方。

「烏拉？」童胤恒第一時間看向從後頭從容步至的嚮導。

「歡迎來到人面魚的故鄉。」烏拉微笑對著童胤恒頷首，然後從容的走進了亭子裡，看向了鄭鑫柏，「歡迎回來。」

咿~木門緩緩開啓，在一棟舊公寓的二樓，花白頭髮的長者隔著紗門看向外頭的陌生男孩。

「找誰？」

有人在！小蛙簡直要尖叫了，但還有第二關。

「您好，我想找陳明軒學長。」他們已經做好人設，直接套關係。

「啊，明軒喔！他不在家捏！」長者困惑看著他們，「你們找他做什麼？」

喔喔喔！兩個男孩簡直就要喜極而泣了，終於找到了！

「您是陳爸爸嗎？」蔡志友開心的詢問，「我們是他高中的學弟，因爲校刊的關係，想來採訪他！」

「啊……」陳爸爸看著他們濕掉的頭髮，連忙招手，「先進來！喝點熱的，你們怎麼都濕了？」

說著，他便開了門，蔡志友跟小蛙有點尷尬，他們只有頭濕而已，剛剛都穿著雨衣啊！不過難得可以進入目標家裡，便能收集更多資料，沒有拒絕的道理，厚著臉皮也要進屋。

脫下雨衣擱在樓梯扶把上，兩個人禮貌的進入，「打擾了。」

「來來，坐！」陳爸爸正在泡茶，拿了兩個空杯擱上，「喝一點，雨這麼大你們還跑來……什麼校刊？」

小蛙趁機觀察環境，簡單樸實的居家，桌上也擺放著家人的照片，他看見陳明軒的照片，無誤！

「是，我們想要採訪八年前，一位李玫妮學姐的失蹤……」

「唉……」話沒說完，陳爸爸就重重嘆了口氣，「玫妮喔，可憐的孩子。」

陳爸爸也知道李玫妮！

「是啊，學長當時報警，是他先發現學姐失蹤的。」蔡志友繼續說明，「我們希望能當面採訪學長，關於當年的詳細始末。」

說詞都已備妥，天衣給他無縫啦！

「這件事情喔，我跟你們說不要再逼他啦，明軒已經很痛苦了！他很自責，不停的說是自己的錯！」陳爸爸不悅的看向他們，「你們說，誰知道李玫妮會失蹤？他們吵架關我們家明軒什麼事？」

對啊對啊！他們點頭如搗蒜，這一秒前，他們也不知道陳明軒竟爲此自責啊！

「是不是因爲……」小蛙大膽推測，「因爲那天晚上學姐沒回去，學長會覺得他早該先去找她，不是到天亮才找？」

「對！對！就是這樣，他一直說那天半夜就該去找，不應該回小木屋！」陳爸爸爲他們斟好茶，「來，喝！喝！」

「謝謝！」兩個人的確有點寒，捧著熱茶小口的喝著。

「不過這眞的不能怪學長，聽說那邊晚上很黑，而且一般都想說這麼晚應該很快會回來，等一下沒關係。」蔡志友溫柔的隨著陳爸爸的話語說。

「大家都這樣講啊，但明軒就是不聽啊，他都說他做錯了一件事，如果他早點行動，說不定什麼事都不會發生！」陳爸爸痛苦的搖頭，「你們說，早知道的事情這麼多！怎麼預料？」

這簡直是全新閃亮亮的線索！

因爲陳明軒跟宋妍雪他們完全斷絕聯絡，天曉得還有這一條——早知道？口角後還有什麼事是大家不知道的嗎？陳明軒做錯了什麼事才會如此自責？間接使得李玫妮失蹤？

該不會跟電影演的一樣，其實李玫妮跑走後遇到了陳明軒，然後中間發生大家不知道的事，結果李玫妮的失蹤是陳明軒造成的吧？

「陳爸爸，學長做錯了什麼事啊？」小蛙假裝好奇詢問。

「他……他……」陳爸爸欲言又止，卻突然梗住，「我不知道，我忘了！那孩子講話我聽不懂！我只知道李玫妮失蹤後，他就變了一個人了！」

大哥，你怎可以不記得啊！小蛙哭喪著臉的看著陳爸爸，蔡志友用腳踢他一下，冷靜一點，自然！

「我們知道學長跟學姐感情不錯，但沒想到會這麼內疚，其實這說到底眞不關學長的事！」蔡志友再轉個彎套話。

「唉，我哪知道，明軒就一直說錯在自己，出事後他沒有一天放過自己，弄得精神不濟……」陳爸爸突然看向茶壺，淚水啪嗟就滴落，「還因爲這樣恍神出了車禍，我好好一個孩子就這樣……」

咦咦咦！小蛙跟蔡志友同時倒抽一口氣，「學長不在了？」

這就是他爲什麼失聯的原因嗎？

陳爸爸猛然抬頭看向他們，瞪圓眼兩秒後怒眉一揚，「誰跟你不在！呸呸呸！」

「抱歉抱歉！」蔡志友趕忙賠不是，陳爸爸那態度會讓人誤會的啊！「我們聽到車禍就以爲……」

「出車禍就很嚴重了，火還整個燒車子，把我家明軒白白淨淨的燒得亂七八糟！」陳爸爸轉爲激動，「人差點就毀了，但也什麼都沒了，好不容易才撿回一條命！」

呃，這的確就是失聯的原因！

小蛙與蔡志友突然瞭然於胸，他們相當震驚，沒想到這八年間原來陳明軒出意外，車禍再加上燒傷，復健之路想必漫長，這樣子別說宋妍雪他們了，連其他同學跟著斷聯，這次他們還是從他小學同學那邊得知新址的。

「那學長現在還好嗎？」蔡志友誠懇的問，「他……有跟您住在一起嗎？」

「沒有沒有，他去上班住外面，上個月底才回來看我！」陳爸爸拭了眼角淚水，「原本以爲他會這樣完了，不過幸好後來還是有上班，我現在啊，只希望他平安就好！」

呼，小蛙跟著鬆了一口氣，不知怎地竟跟著懸心，知道陳明軒沒事也放心了。

「學長有聯繫方式嗎？我們可以跟他聯絡嗎？」小蛙觀察了一下，陳爸爸手邊有手機，勢必有電話。

「手機喔……我要問他喔！」陳爸爸倒是機靈，知道不能隨便把家人或朋友的資料給他人。

「沒關係，這是我們的聯絡方式！」蔡志友早有準備，拿張小卡寫上姓名電話，還附上「都市傳說社」五個字，「您跟學長說一聲，方便的話請他打給我們！」

「厚……好好……」陳父拿起卡片看著，扶了扶眼鏡，「都市傳說社？啊你

們不是校刊社？」

該死！小蛙瞪大眼睛，居然忘了這點！「我校刊社！但是我沒帶名片！他兩個社團都有參加。」

「哦～」陳爸爸哦了聲，把名片擱到了茶几的塑膠墊下。

「不過學長沒事就太好了，他……現在在做什麼工作呢？」蔡志友繼續套話。

「唉，他後來也不能回公司了，幸好之前在釣魚時認識一些朋友，就靠介紹去他們那邊做事了。」陳爸爸嘆口氣，「在什麼保護區當嚮導。」

有那麼一瞬間，蔡志友與小蛙腦子裡同步空白，彷彿斷電。

「什麼？哪個保護區？」一通電，小蛙都激動跳起來了。

「就隔壁市那個生態保護區啊！」陳爸爸錯愕的看著起身的小蛙，「啊啊，嵐潭保護區啦！」

第十一章

人肉好呷嘸？

烏拉走出亭子外，面向了外面那座該是碧綠的嵐潭，脫下帽子，回首與亭子裡的人笑笑。

鄭鑫柏不明所以，他身子潛意識的顫抖，疑惑的看向宋妍雪，她搖搖頭，完全不知道這是怎回事。

「為什麼我會在這裡？」周彩薇不解的看向康晉翊，「不是說什麼人面魚的發源地嗎？」

「這裡就是啊，你們忘記吳進昌吃的那條魚了嗎？」烏拉透過亭子，看向在另一頭僵住的黃芳儀，「黃芳儀，進來亭子裡吧，淋雨不好。」

黃芳儀根本走不動，她站在寫著「嵐潭保護區」的石碑前，動彈不得。

童胤恒上前將她拉進亭子裡，她真的舉步維艱，不是裝的，根本腳軟到走不太動，所以他索性把她安置在椅子上。

「那不是在保護區裡嗎？」康晉翊困惑的問著，「另一個……生態保護區？」

「水同源吧，烏拉大概是這個意思。」汪聿芃倒是輕快的上前，跟著跑出亭子外，「你故意的吧？我就在想哪有這麼巧，同一個人釣到三次夢幻魚？」

烏拉泛起微笑，「這是幸運，表示山神願意接近。」

「剛剛見面時否認有人面魚存在，不停的說你釣的是夢幻魚，剛剛卻說出人面魚的發源地這種話，發源地啊！」汪聿芃仰起頭，毫不避諱的打量著烏拉，就

算是他們也只戲稱爲故鄉，怎麼會用到發源二字？「又只有你能釣到人面魚，機率低到很扯。」

「是你們說想看人面魚的，我只是順著你們的話講吧。」烏拉輕輕笑著，卻毫無笑意，「我也說了，釣得到夢幻魚是神靈的眷顧……」

「指名要帶吳進昌的朋友進來交代，這是間接提醒我們帶宋妍雪他們進來、下車時又說小高沒被允許進入保護區？」汪聿芃根本不管他說什麼，「領隊沒被允許，外人卻允許了，而且你從頭到尾都沒問過——誰是吳進昌的朋友。」

說好的交代呢？如果眞的這麼在意吳進昌的事情，怎麼會連問都不問？一副他根本知道誰是誰的態度。

「最後，你剛說了歡迎回來。」童胤恒沉了聲，他的確也思考過了。

「搞什麼東西啊！是你們在搞鬼嗎？」周彩薇果然立即針對康晉翊。

「欸，不是，我們現在有點搞不清楚——」康晉翊轉向汪聿芃，「汪聿芃！」

「他這樣子不太可能是李玟妮吧？變性未免也太犧牲。」汪聿芃上下打量了烏拉，「可是我不認識陳明軒，他是陳明軒嗎？」

陳明軒？宋妍雪愣了住，「怎麼可能？他才不是！」

「厚，聲音樣子全部都不是！」鄭鑫柏兩手一攤，「眞要說就身高差不多……胖多了。」

烏拉輕笑，「沒辦法，出了車禍，火燒車後植皮很多次，也沒辦法恢復以前的樣子，聲帶也被灼傷，所以音質也變了。」

他說得太自然，讓在場的人一時無法反應。

黃芳儀扶著亭柱緩緩站起，簡直不敢相信，「你是陳明軒？」

同學們錯愕的回頭看著黃芳儀的驚人之語，再正首看向那個從外型聲音體態都陌生的男人，怎麼可能會是陳明軒？

「颱風要來了，我們時間不多，說好只有兩小時的。」烏拉，不，陳明軒突然輕推了汪聿芃，「先進亭子裡好嗎？」

童胤恒見狀不對，即刻拉著汪聿芃進亭子。

簡子芸還在瞠目結舌，拽了汪聿芃到身邊，「他是陳明軒？真的假的？我看過照片，不……不是……」

「他一定是相關人啊，不是李玟妮，吳進昌又已經死了，我只能想到是陳明軒了。」汪聿芃說得理所當然，「他一個人釣到三隻可遇不可求的夢幻魚，太奇怪了！」

要她說啊，連轉述夢幻魚有多好吃的客人究竟是誰她都懷疑呢！

「因爲他釣到三隻夢幻魚，妳就覺得他很奇怪？」康晉翊完全無法理解這個邏輯。

「都說一般釣不到了，他卻可以連釣到三隻，這本來就不尋常啊！」汪聿芃覺得自己想的才是對的，「而且，提供餐廳鮮魚的釣客也是你吧！我那天在餐廳外面有看到你！」

咦？連宋妍雪都錯愕，「那天他在那裡？」她沒有印象啊！

不過要有印象也很難，因爲嚮導模樣的他穿著裝扮都不同，帽子一戴上的確就難辨認。

陳明軒凝視著汪聿芃，倒是覺得有意思，「妳有見到我啊？眼力眞好。」

「戒指是你放的嗎？」宋妍雪第一時間想到那嚇死人的戒指。

陳明軒劃滿淺笑，「是李玟妮把戒指還給妳。」

是他！宋妍雪顫抖著，如果釣客是陳明軒，那一切都說得通了啊！

但現在不是探討這個的時候！陳明軒手一高舉，後頭一陣驚人水花聲，嚇得大家連連退出亭子另一頭。

嘩啦！嵐潭上興起了水牆，像浪一般打上高三公尺的岸邊，岸上就多了一大堆舞動跳躍的魚。

『魚肉好呷嘸？』熟悉的聲音傳來，伴著尖笑，**『哈哈哈，魚肉好呷嘸？』**

是李玟妮！宋妍雪驚愕但卻往前，「李玟妮？」

「只是一部分的她。」陳明軒走向了大家，「黃芳儀，不要再躲了，無論如何都躲不了，我既然這麼做了，自然就會做得徹底。」

黃芳儀站到另一頭的亭外，趴在一根柱子邊，額抵著柱子完全不想面對，「不是我不是我！」

「你能控制都市傳說？」童胤恒最狐疑的這點，「整個人面魚事件都是你在控制的？所以現在外面有一堆人挑颱風天淨灘——」

「我們只是其中一尾罷了，人面魚有更大的目的，我單純只是想把八年前的事做個結束而已。」陳明軒看上去眞的非常面善，始終帶著微笑，「李玫妮的失蹤我責無旁貸，如果我早點把黃芳儀的事說出來，就不會這樣了。」

「你責無旁貸？」康晉翊覺得這話不對，「你是唯一關心她失蹤的人，而且當天你不是在小木屋睡覺嗎？根本不知道吵架的事？」

「是，但是最大的責任還是在我。」陳明軒笑容微歛，面露悲傷，「因爲我早就知道芳儀的問題，卻始終沒有開口。」

周彩薇瞬間瞪向躲在外頭柱後的黃芳儀，二話不說上前，扯著她上臂就拖進來，朝鄭鑫柏甩去。

「我也想知道原委！」周彩薇壓不住怒火，「現在爲什麼搞得我們個個都像白痴，就聽她一面之詞被耍得團團轉？」

宋妍雪痛苦的別過頭，她不想面對，緊握著口袋裡的戒指，如果眞的是黃芳

儀造謠生事，那她對李玫妮做得就太過分了！

鄭鑫柏連忙穩住黃芳儀，心中有疑慮有怒氣，但好歹她還是他的女友。

「李玫妮說的都是實話嗎？」他看向陳明軒。

「都是，那麼驕傲的人，怎麼會屑玩這種兩面手法，你應該比我更瞭解她啊，鄭鑫柏！」陳明軒這口吻帶著責備，「她去找老師談吳進昌的事那天，我親眼看見芳儀在門外偷聽，結果兩天後吳進昌卻跟我說，李玫妮從中作梗把他換掉。」

他直覺不可能，第一同學間沒理由這麼做，二來這樣做未免太明顯了！但吳進昌要他解釋何以李玫妮去找老師後，他就被撤換了？

然後，他也「聽說」了黃芳儀的「聽說」。

「所以都是妳無中生有？」鄭鑫柏瞇起眼，「該不會還是妳去跟老師檢舉吳進昌的吧？」

「不是我不是我！」黃芳儀激動的喊著，「我只是說看見她去找老師，我從來沒有說過是李玫妮讓老師換掉吳進昌的！」

「又來！妳擺明就故意做這種連結啊！」汪聿芃不悅的打斷她，「這時裝無辜很爛。」

黃芳儀忿忿的瞪向汪聿芃，不客氣的上前激動的想推開她，但這種遲緩又失控的動作哪可能動得了汪聿芃！她往後一挪身子就讓黃芳儀撲了個空，童胤恒還趕快把簡子芸拉開，省得換她被撞上。

「這就是我覺得不對勁的起始，因爲妳明明知道李玟妮跟老師說了什麼！我說過，我看到妳就站在教室外偷聽！」陳明軒凝視著黃芳儀，眼底帶著失望，「其他的事，我想大家心底都有譜了。」

宋妍雪難受得揪著心窩，「卡片的事……」

「當事者兩個人都否認到底，我覺得不如問問芳儀吧？」陳明軒拾撿起痛苦的魚兒，一一扔回潭裡。

『不是我寫的！』『不是我寫的！』

唔……童胤恒突然顫了一下身子，拳頭瞬而緊握，剛剛還沒什麼事，爲什麼現在有點疼了？

聽著李玟妮的聲音，宋妍雪只覺得心痛。

簡子芸看著坐上石椅、掩起雙耳的黃芳儀，眞的不知道做這種可憐姿態是給誰看？她難得粗魯的突然拉起黃芳儀，直接朝潭邊推去。

「讓她親自跟李玟妮對質好了。」簡子芸驚人之舉嚇得大家措手不及，「會游泳吧？」

「不不——不要——」黃芳儀立刻尖叫，整個人蹲下身，死命與簡子芸抗

衡，「我不要下去！」

陳明軒冷眼看著這一切，再把最後一尾魚扔進潭裡。

宋妍雪與周彩薇互望一眼，沒想朋友多年，他們之中竟藏著城府這麼深的人，她們互有默契的上前，先讓簡子芸閃開，兩個女生各拖著黃芳儀一隻手，使勁將她往潭邊拖去。

「做什麼——哇啊！我不要！」她乾脆坐上地，希望增加阻力，回頭淒厲喊著，「鄭鑫柏！鄭鑫柏——」

鄭鑫柏站在亭子裡，只是哀傷的看著她，「說實話吧！芳儀！」

汪聿芃看著鄭鑫柏，突然覺得其實這是個很冷情的男人。

他情緒不激動也不躁進，當年女友疑似跟他人曖昧時聽說也不激烈，乾脆直接分了手，看著李玫妮奔入黑暗中不追不憂，隔天起來時不見她身影，也沒有要尋找的意思。

現在這種情況，即使黃芳儀有錯，好歹也交往這麼久，他還是選擇在安全範圍內。

涼亭外的空間很大，往右走是朝上的高處，當年宋妍雪就是在那邊將戒指丟進潭裡；左邊則是下坡，可以斜斜的逼近綠潭，因為拖著沉重抵抗的黃芳儀，兩個女人不約而同選擇下坡路段。

「我只是不喜歡李玫妮而已！」黃芳儀終於哭喊出聲，「我討厭她當我們的領導者！」

只是。

童胤恒覺得這眞是藉口跟理由的起手式，「只是」兩個字，說得多輕描淡寫，毀的是一段友誼，甚至是一條命……不，想到那些跳海的人，這次只怕不是一條命這麼簡單。

周彩薇煞住了腳步，回頭瞪著坐在地上被拖行的黃芳儀，「妳又不做事，嫌別人領導是怎樣？」

「我就討厭她那種頤指氣使的樣子，到底憑什麼？跟誰都好、到哪兒都吃得開，都跟鑫柏在一起了，還跟謙進說笑？」黃芳儀淚眼汪汪的看著宋妍雪，「妳怎麼能忍得下這口氣？」

宋妍雪驚愕得倒抽一口氣，「這沒什麼忍不忍的，她跟謙進早就認識，我們還是因爲她才交往的！我沒介意過啊！」

「那我是哪裡惹妳了？」周彩薇依然死抓著她手不放。

「我就討厭她多管閒事，自以爲是！每件事都要插手，她到底以爲她是誰啊！」黃芳儀咬著牙哭喊，老實說，事隔八年，連康晉翊這樣的外人都聽得出她的怒氣，「我只是希望她搞砸事情，希望大家都討厭她！」

唉……鄭鑫柏仰首痛苦的闔眼，緩步就近坐到一旁的石椅上，唯有長嘆。

「就因爲這樣，妳連吳進昌的路都要毀。」陳明軒閒走而返。

「沒有！我只是……我只是希望營造出李玫妮害他被罵的狀況而已！」黃芳儀慌張回頭看著走來的陳明軒，「我沒想到學校會把他換掉，我不是故意的。」

「馬的！」周彩薇使勁甩下她的手，氣急敗壞的也往上走，「我們到底是怎麼回事？當初爲什麼會這麼信她——」

宋妍雪失望的望著伏在膝上痛哭失聲的黃芳儀，身後的潭裡魚兒躍起，水花聲不斷，她哀怨的看向嵐潭，心中只剩懊悔。

「因爲友情，因爲我們太重視這段友誼了，這就是錯誤的起點。」陳明軒幽幽的開口，「我早就發現這件事，我暗中觀察許久，也去找蘋容詢問過，但是我不敢提起，是怕破壞這樣的平衡。」

宋妍雪擱下黃芳儀也往上走去，來到陳明軒身邊，怎麼看都沒有過去陳明軒的影子。

「你眞應該要說。」這不是責備，只是一種惋惜。

「大家相處這麼愉快，芳儀又那麼脆弱，我很怕說出來友情會生變，我只想找機會，好好跟芳儀談談。」陳明軒苦笑著，「我就是想利用那趟畢業旅行，但是女孩子們都形影不離，我找不到空檔，然後……我那晚頭痛，就只有那晚我跟大家分開先回小木屋睡覺——事情就發生了。」

幾瓶啤酒下肚，隱藏在心裡的心結就此迸發。

「即便你當年說了，他們也不一定信你。」康晉翊靠在柱子邊，望著感嘆的陳明軒，「你們的友誼如果眞的這麼深厚，說出來除了破壞平衡，大家而且可能還會護著黃芳儀。」

「眞的這麼深厚，就不會是現在這樣啦！」汪聿芃可不以爲然，「友誼是一回事，是非是另外一回事，你們這是盲目的友情吧！說什麼信什麼，而且很奇妙，居然沒人信李玟妮耶！」

如果眞的這麼相信朋友，爲什麼集體信了黃芳儀？

「這可能取決於堅強與柔弱的既定觀念了。」始終沉默的鄭鑫柏終於開口，「芳儀是我們之中最溫柔最纖細的、最需要被保護的，沒人會想到她會這麼做；而玟妮強勢且八面玲瓏，相較之下，大家會傾向芳儀。」

「連身爲男友的你都是。」童胤恒沉著聲看著對面的他，「他們都說得對，你該更信任李玟妮。」

「我剛說了，她八面玲瓏，大家剛也提到，她跟誰都很好，我能怎麼想？我那時當然也信任她跟其他男孩只是朋友，但是卡片？私下收受禮物？跟阿德交好還破壞他跟小薇告白？」鄭鑫柏反過來質問著童胤恒，「要說你全然不在意，那

你也沒多喜歡那個女孩。」

再加上黃湯下肚，情緒難以控制。

「我沒想要她失蹤的，我只是、只是希望她不要那麼強勢，希望大家討厭她，知道她沒那麼好……」黃芳儀還在那兒悶哭著，「我沒想過大家不聯絡，這跟我想的都不一樣！」

陳明軒聞言，無奈的一笑，轉身朝著黃芳儀的方向走。

「妳既然都在這裡了，就第一個來吧。」他朝下坡處走去。

汪聿芃立刻奔出亭子外想看清楚，不然這角度根本看不清往潭邊的角度啊！

童胤恒心裡畏懼著可能會發作的頭疼，但還是忍不住起身跟著走出。

「你們出亭子外看，別下來。」童胤恒低語交代著康晉翊他們，大家還是分開點，「汪聿芃！不要跟！」

只見陳明軒走向坐在地上的黃芳儀，她一聽見腳步聲便嚇得站起來，踩上旁邊草地，刻意繞過陳明軒往上跑，陳明軒倒是不急不徐，也沒攔她的意思。

「我們的要求很簡單，只是希望你們誠心跟李玫妮道歉，這也是她的希望。」陳明軒朗聲說，指向了嵐潭，「一人去抓一尾人面魚，這裡有撈網。」

什麼!?黃芳儀嚇得手腳發軟，要他們去撈人面魚？

「我——」汪聿芃立即高舉手，舉到一半順利被童胤恒壓下去。

「妳湊什麼熱鬧！」他沒好氣的低語。

「人面魚啊！你不想抓嗎？」汪聿芃不解的瞪圓眼，親手捕捉人面魚的機會啊啊啊！

「不想，也最好不要，人家在處理自己的事，妳插什麼手！」童胤恒俯身低語，「剛剛人面魚開口時，我就不太對勁了。」

嗯？汪聿芃眨了眨眼，童胤恒只要聽見都市傳說的聲音就會有異狀，就表示會出事……看看這種談判的情況，李玫妮擺明算帳的，當然會出事啊！

「為什麼要撈那種噁心的東西？」周彩薇果然反對，「都市傳說社的學生很有興趣，讓他們撈才對吧？」

「人面魚就是李玫妮，現在該是你們親自面對她的時間了。」陳明軒往坡上草地站了，「小雪，李玫妮還希望妳戴回象徵友誼的戒指。」

宋妍雪一顫身子，臉色蒼白的握緊口袋裡的拳頭，最後還是抽出戒指，卻遲遲不敢戴上。

「我先來吧！」鄭鑫柏乾脆得令人咋舌，他終於肯移步出涼亭，大步朝著下方走去。

「不不不！鑫柏！」黃芳儀即刻攔截，「你不能去，這坡度這麼陡，等等如果不小心掉下去——」

鄭鑫柏停下腳步，悲傷的看著黃芳儀，「我們分手吧。」

他撥開挽著他手臂的手，繼續往下走。

「我爲什麼覺得他有點無情……」簡子芸看著那堅定的背影，「當年他也是這樣跟李玫妮分手的吧？」

「發生這種事了有可能在一起嗎？」康晉翊才覺得不可思議，「這時候如果說什麼我不在意沒關係也太假，又不是偶像劇。」

「不是，我說不上來……」簡子芸微咬著唇，「就覺得他好像其實都不太在意。」

深有同感，前方兩公尺的汪聿芃點頭如搗蒜。

鄭鑫柏小心翼翼的來到潭邊，這坡度眞的很陡，當年他們也在這裡玩過，可是沒遇大雨，今天的草地跟土壤都特別濕滑，雖然距離潭面還有段距離，但只要一滑下去，鐵定是直抵潭底了。

刻意穩住重心，拿過擱在一旁的撈網，撈網柄長兩公尺，根本過長且沉重，這樣撈怎麼可能平穩！

嘖，童胤恒實在看不下去，「我來幫手！」

「咦？」康晉翊慌張低喊，「童子軍！」

鄭鑫柏回首看著下來的身影，幾分訝異，「謝謝。」

「不客氣，你拉著我的手，沒事。」童胤恒伸長手，任鄭鑫柏拉著當支點，這樣他就可以穩當的去潭裡撈魚。

宋妍雪抿了抿唇，心一橫把戒指戴上無名指，也走下去拉住童胤恒，「童子軍，你也拉著我！我們一個拉一個，我就不信會摔！」

周彩薇見狀也即刻上前成爲人體繩索的一員，黃芳儀站在一旁，心慌意亂，「可是這樣萬一有什麼，大家會一起摔下去耶！」

「妳閉嘴！」在最上頭的周彩薇恰好面對黃芳儀，氣急敗壞的吼著，「都是妳這傢伙害的還敢說！」

「我……我又不是故意的！」黃芳儀委屈的回吼。

「不必怪東怪西啦，你們不求證又不信李玫妮，最好都沒責任。」汪聿芃懶洋洋的倒是沒出手，「要我說，最無辜的還是陳明軒。」

下頭的陳明軒仰頭朝汪聿芃輕笑頷首，「不，我最該負責，我若是一發現狀況就明說，事情根本不會演變至此。」

可能不會有那場口角，可能七人眾至今還是好友，不會有人失蹤，不會友誼中斷，他也不會鎮日活在懊悔中，甚至因此出了車禍。

撈網入潭，鄭鑫柏沉重的看著下頭根本不費吹灰之力就能撈到的魚群，隻隻都是人面魚，這樣一堆看上去還有點噁心。

撈起一隻後，魚在撈網裡死命掙扎。

「然後呢？」鄭鑫柏看著陳明軒。

「帶著魚上去等待……撈網留下。」陳明軒平淡的回應。

什麼！女孩們心裡暗叫可怕，還要徒手抓魚嗎？鄭鑫柏看著在網子裡的魚，魚嘴痛苦的一張一闔，身上的人臉也跟著在扭曲。

「玫妮，對不起。」鄭鑫柏平穩的說著，咬牙伸手就抓住了魚尾。

「天哪！」宋妍雪暗叫不好，她不行不行！

不過說也奇怪，鄭鑫柏抓起的魚竟沒有再掙扎扭動，上頭的臉靜靜的望著他，鄭鑫柏刻意不想看魚身上的人臉，別開頭先走回上方，想找個地方放下。

康晉翊跟簡子芸懷抱著期待心情的看著他撈上來的魚，多想拍照啊！活生生的人面魚啊！

「是李玫妮嗎？」康晉翊積極的詢問。

鄭鑫柏不悅的白了他們一眼，「我還沒勇氣面對她。」

外人就眞的只會湊熱鬧……說到底，鄭鑫柏不解的看著陳明軒，他讓這群「都市傳說社」的人來，就是爲了引他們出洞嗎？

接著是宋妍雪，她移到童胤恒下方，極爲戒愼恐懼，因爲她的鞋底會滑，走得很艱辛。

小徑上，身子也不住的往下滑，讓童胤恒得緊緊扣住，上頭的周彩薇身子也微下滑的扣住，鄭鑫柏一放下魚就過來幫忙，才勉強穩住重心。

陳明軒完全不出手，看著宋妍雪吃力的撈起魚，她的魚跳得激烈，看起來非常不願意讓她撈起一樣。

『**一輩子的友情、一輩子——**』人面魚帶著忿怒喊著，依然是李玟妮的聲音。

電光石火間，童胤恒鬆開了手！

「呀！」宋妍雪整個人往下滑去，及時把撈網打直當拐杖插在地上，而童胤恒更是整個人跪地。

「哇啊！」在最安全地方的黃芳儀轉頭，背對著嵐潭歇斯底里的大叫著。

康晉翊緊張的也要往下，但汪聿芃已經大步往下衝，他們都穿雨鞋相當止滑，來到童胤恒身邊時，他的右手仍死扣著宋妍雪不放。

周彩薇自然也不可能倖免的大滑一跤，但畢竟在上方較緩處很快便能穩住；汪聿芃先抓過宋妍雪向上甩，她詫異這個女孩的力道一點兒都不小，她被甩得踉蹌，直接趴在兩旁草地上。

而她的人面魚，早在剛剛立起撈網時飛得老遠，在地上奄奄一息。

「起來！」汪聿芃攙起童胤恒時，瞪向嵐潭，「你們能不能不要說話？」

陳明軒蹙起眉，不解的望著他們，「是人面魚說話的原因？」

康晉翊也下來接手，協助扶過童胤恒，他拼命的以掌根敲著頭，幾秒時間就夠他難受的了，痛得他直打顫。

「她不希望你幫忙嗎？」簡子芸只能想到這個，或許李玟妮希望她的同學們獨立去撈魚？

在危險的地方以危險的姿勢，如果眞的有意見，人面魚明明會說話，不如攤開來說，何以要用這種方式……令人戰戰兢兢，如履薄冰。

「那種斜度不可能獨立完成，雨又這麼大。」鄭鑫柏憂心忡忡，「如果玟妮要這樣，就直接讓陳明軒推我們去死算了。」

眾人觀切的圍過來，童胤恒仍舊覺得難受。

「我來吧，你在這裡休息。」說著，汪聿芃卸下身上的背包，「我有帶甜的，社長你給他喝。」

包包塞進康晉翊手中，汪聿芃一回身就往亭子外跑去，「快一點！」

經過黃芳儀身邊時，她都已經路過了，立刻折返，抓著黃芳儀往下拖，「妳先啦！」

「呀——我不要！我不要！」黃芳儀淒厲的慘叫著，不知道的還以爲她發生什麼事。

汪聿芃扣著她朝前，一手抓住她的左手，「妳快點！」

周彩薇沒多話，抿緊唇轉身就去幫汪聿芃，鄭鑫柏看著童胤恒沒什麼事了便步出，宋妍雪捏著鼻子把魚扔下後，亦加入行列。

「我……」康晉翊擔心慌張，他覺得應該是他要去幫忙才對。

「社長，讓她去，你力氣沒有汪聿芃大。」童胤恒啞著聲出口，他對面的地上就是兩條顫跳的人面魚，「天哪！我現在從心底開始發寒。」

等一下會不會發生讓他痛不欲生的場面？

簡子芸扭開汪聿芃帶著的午後奶茶，還有一大包巧克力，趕緊遞給童胤恒，「先喝點！她整個背包都帶甜食！」

童胤恒虛弱的會心一笑，看來都是為了他。

康晉翊焦急的衝出去看著大雨中的人龍，一個拉著一個，黃芳儀撈了幾次都沒撈到，根本不用心，她又哭又尖叫的歇斯底里，連把撈網都拿不穩。

「妳要不要直接下去撈啊？」宋妍雪氣急敗壞的喊著，「汪同學，妳鬆手好了！」

「呀呀——我不要！你們怎麼可以這麼對我！」黃芳儀仰天哀號，「為什麼要逼我！」

「這不是妳該受的嗎？」陳明軒幽幽出口，每一個字都冰冷的不帶情感。

黃芳儀淚眼汪汪的看著他，完全感受到恨意，以前的明軒是個溫和熱情又善

良的人，現在爲什麼用那種眼神瞪著她？

「又不是我害她失蹤的！」她嗚咽的說著。

「還敢嘴耶！」汪聿芃假裝要鬆手，黃芳儀立刻失聲尖叫。

好不容易撈起了一條人面魚，她因爲覺得噁心使勁甩了撈網，網內的魚咻地被甩上坡，還直抵涼亭面前。

汪聿芃借力使力把黃芳儀往上甩後，眾人略鬆了力，換周彩薇往前。

「撈完魚要做什麼？」她睨著陳明軒問。

「道歉。」陳明軒簡短的回應，竟旋身往上走，「撈完就快上來吧！」

周彩薇挽起袖子，踩穩腳步，瞥了汪聿芃一眼，「麻煩妳了。」

「嗯。」汪聿芃伸出手，讓她扣住。

撈網入潭，周彩薇沒有一絲猶豫，她的撈網甚至沉得更底下，與剛剛黃芳儀在潭面上撈截然不同，只是她這樣撈，卻讓網子裡裝滿了人面魚，每一隻魚都是爭著塞進網子，重到她提不起來！

「噯……」周彩薇完全舉不起撈網，手在桿子上握得太高，力矩也不對，「好重！」

鄭鑫柏一瞥，「重撈！網子不要這麼下面……」

餘音未落，大量的魚跳上撈網，把撈網硬壓進水裡，卻連帶著讓周彩薇失去重心，身子一歪，腳跟緊接著一滑——「哇！」

地面濕滑，周彩薇今天穿的也是一般鞋子，完全煞不住的朝下溜去，汪聿芃不敢動，她的位子是穩當的，身後拉著她的力量也沒有改變，她伸長了手，努力扣住周彩薇。

「啊啊啊……」周彩薇一手夾著撈網，一手僅剩指腹扣著汪聿芃的手指，左腳踩著地，右腳打直根本懸空，她現在止不住滑下去的衝力啊！「拉我……拉我上去！」

「怎麼回事——」康晉翊狂奔而出，「天……鄭鑫柏！你慢慢往後退！大家的手都別動，移動身子往後退，將周彩薇拉上來！」

童胤恒聞聲，也心焦的衝出來，看著最前面的周彩薇與汪聿芃，簡直是危險平衡。

「不行，我下去，我可以從旁邊把汪聿芃給——」

『**魚肉好呷嘸？嘻嘻……**』亭子裡的魚突然開口了，『**不好呷不好呷！人肉才好呷！**』

『**人肉好呷嘸？**』

「啊啊——」童胤恒痛苦得再次跌地，簡子芸連攙都攙不住他。

同一時間，整片嵐潭裡的人面魚跟暴動似的，異口同聲高喊著『**人肉好呷**

嘸？』『好呷好呷！』

人肉？更大的魚跳進撈網，網子沉到周彩薇都夾不住了。

「放開！小薇，鬆開撈網！」宋妍雪大喊著，「妳會被拖下去的，快點先鬆——」

啪。

周彩薇的手突然就這麼從汪聿芃的指尖彈開，因著反作用力，高速的摔進了水裡！

「哇呀——」在旁瑟縮發抖的黃芳儀尖叫著，水花跟著濺起！

「啊啊！」周彩薇掙扎著冒出水面，但不是自己浮上來的，是因爲她的身邊團團圍著人面魚，她是被拱上來的！「救我！」

成千上萬的魚飛快的衝向了周彩薇，那是令人頭皮發麻的景象，甚至在潭水遠方都能見到急速游動筆直衝來的痕跡，數不清的魚同時都衝向了周彩薇。

「呀！牠們在咬我……噗噗！」

『人肉好呷嘸？』周彩薇水花才拍了兩下，在某個瞬間咻地就被拖下去了！

『人肉好呷嘸？』『好呷好呷！』『人肉好呷嘸？』『好呷好呷！』

雨霧矇矓，卻還是可以看見一抹紅，在綠色的嵐潭裡散開……汪聿芃擋下準備跳下水的鄭鑫柏，水底下除了大量魚尾的拍擊聲外，已經看不見周彩薇了。

鮮紅的血從潭底冒上，緩緩擴散。

『人肉好呷嘸？』『好呷好呷！』

「上……上來！」康晉翊嚇得心臟都要停了，慌張的衝下去，先把就近的宋妍雪往上推，「全部都上來，不要再靠近那邊了──汪聿芃！」

汪聿芃瞪圓大眼看著轉紅的潭水，魚群們突然跟沒事的人一樣散開，此時此刻緩緩浮起的，是那斷成兩截的撈網。

周彩薇被魚活活吃掉了！

「走吧。」鄭鑫柏握著汪聿芃的上臂，使點力才能拉動她。

宋妍雪腦袋一片空白，她完全無法接受，被康晉翊拉上平坦處的第一件事情，就是衝近陳明軒。

啪！狠辣一巴掌就刮下，她的理智幾乎被恐懼與怒氣掩蓋。

「剛剛那是怎麼回事!?」她瘋狂的咆哮，「陳明軒！你就是這樣對你同學的？」

陳明軒有些吃驚，緩緩正首看向宋妍雪，「那你們又是怎麼對待同學的？」

「那就是誤會，是黃芳儀造成的誤會，對！是我們不明智，但是至於殺人嗎？吳進昌、周彩薇……」宋妍雪極怒的往潭裡喊，「李玟妮，我沒希望妳出事，但妳出事眞的是意外，我們不知道！」

「周彩薇也是意外，不落水就沒事，始料未及。」陳明軒皺起眉，「我也很難過，玫妮從來不想要置你們於死地。」

鄭鑫柏拽著汪聿芃回來，簡子芸連忙朝她求救，童胤恒整個人都倒在地上了！汪聿芃看見童胤恒總會回神，他痛到蜷縮身子，躺在地上無法動彈。

簡子芸衝進亭子裡拿傘爲童胤恒撐著，汪聿芃觀察他的狀況，狀況不對，都市傳說尚未解除。

「我也覺得她不是這樣的人。」鄭鑫柏逕自往前，「但你呢？」

只見陳明軒微笑聳肩，「說到底，或許我們也不那麼瞭解彼此對吧？」

眞的瞭解的話，或許不會有這麼多誤會，眞的瞭解的話，就不會如此輕信黃芳儀。

「現在要幹嘛？道歉？對那隻魚？」宋妍雪恨恨的瞪著陳明軒，指向在亭子地板的魚。

「是，請吃掉牠。」陳明軒語出驚人，「每吃一口，就跟李玫妮說聲對不起吧。」

第十二章
道歉

在說什麼鬼話！宋妍雪不可思議的看著躺在地上的人面魚，「生吃？」

「是，很遺憾我沒有帶鍋具來。」陳明軒看起來不像在開玩笑，「我看著你們吃，陪著你們一起懺悔。」

「我不要──瘋了嗎？那是人面魚耶！」黃芳儀整張臉都嚇白了，「煮熟了我也不吃！」

『魚肉好呷嘸？吃我吃我！』亭子裡的人面魚該是死透了，但是魚身上的臉卻依舊生龍活虎，**『魚肉好呷嘸？』**

「啊啊──」人面魚一開口，童胤恒再度痛苦的打滾，咬牙硬撐。

汪聿芃對這狀況無能爲力，他在這裡的情況比在外面嚴重，無論怎麼推他打他都無效，是因爲他們太過接近都市傳說了嗎？

黃芳儀突然拔腿狂奔，穿過了亭子，想從來時路離開。

「黃芳儀！」陳明軒朗聲道，「沒有我，你們誰都走不出這裡！」

「我管你去死！」黃芳儀尖吼著，越跑越遠。

康晉翊突然伸手握住汪聿芃的手腕，暗示她去，現在童子軍跟他們是一條船上的了，不把事情解決掉，童胤恒只會深陷都市傳說之苦！

汪聿芃雙眼突地凌厲，一骨碌跳起，轉身就衝了出去！

「咦？」鄭鑫柏嚇了一跳，「哇塞，她跑好快喔！」

「她是我們短跑記錄保持人。」簡子芸語帶驕傲，「冠軍。」

「喔，那看來不必擔心了。」陳明軒繼續凝視同學們，「快吃吧，越快吃完，我們就越快結束這件事……看，雨已經太大了。」

宋妍雪簡直怒極攻心，眼尾瞪著那人面魚，這怎麼吞得下去，還生吃？光是看著魚她就反胃了。

「你不必吃嗎？不是口口聲聲說對她有愧疚？」她目標轉向陳明軒。

「我已經道過歉了。」陳明軒說得很淡然，「用你們想像不到的方式。」

哦？鄭鑫柏微瞇起眼，打量著陳明軒，就普通朋友而言，他做得可真多哪！

宋妍雪痛苦的緊握雙拳，同時間黃芳儀的歇斯底里的叫聲傳來，她被汪聿芃半扯半拖而至，看得出汪聿芃也很火大，把她從另一端拖到這一頭時，一點都沒在客氣。

「跑什麼啊！」汪聿芃指向陳明軒，「你，有什麼事速戰速決！」

「就看他們了。」陳明軒瞥了一眼童胤恒，若有所思，「他究竟怎麼了？」

汪聿芃不打算回答，走向童胤恒請康晉翊合力先把人拖回亭子裡去，要打滾要喊疼，也不要在這滂沱大雨裡。

「每吃一口就跟李玟妮道歉一次？」康晉翊邊拖著童胤恒，一邊朝汪聿芃低語，「吃得下去嗎？」

汪聿芃打了個寒顫，「太噁了吧？先從人臉咬下去嗎？」

童胤恒被扶上石椅，臉色鐵青，反手抓住汪聿芃，「每吃一口……人面魚是不是就會開口一次？」

人面魚的都市傳說，可是吃一口魚肉，人面魚就反問『魚肉好呷嘸』啊！

「天哪，那你怎麼辦？」簡子芸可嚇壞了，他們三個吃一百口的話，童子軍承受得住嗎？

汪聿芃瞪著地上的人面魚，腦子一片混亂。

「喂，你說話啊，難道眞的要生吃那種東西嗎？」宋妍雪怒氣沖沖的推了鄭鑫柏一把，居然沉默？

鄭鑫柏卻是望著陳明軒，驀地一笑，「不吃事情不會了對吧？」

陳明軒點了頭。

「人面魚都出現了，也沒什麼不可能的事，我不想困在這裡，也不想跟周彩薇一樣！」鄭鑫柏倒是很泰然的轉身就入亭，「我吃。」

「鄭鑫柏！」宋妍雪不可思議，他也太乾脆了吧，「我也不想困在這裡啊，早知道事情會這樣，我就不會來……」

說著，她看向了亭子裡的四個人——「都市傳說社」。

「都是鑫柏叫我一定要來的，我原本死都不願意來！」黃芳儀跪坐在地上，

痛哭失聲，「我不要，我吃不下去！」

宋妍雪走進了亭子裡，不客氣的看著都市傳說社成員，「是你們硬叫我們來的，爲什麼？你們跟李玫妮也認識嗎？」

「不必太多陰謀論，一開始就是進保護區的條件，而且你們自己也想解決這疑團不是嗎？」簡子芸冷靜的開口，「我沒對你們說謊。」

只是，她原本想用別的藉口婉拒，但汪聿芃卻力陳一定要叫宋妍雪等人前往，既然李玫妮的人面魚在那裡，那麼解鈴還須繫鈴人。

「小雪，別掙扎了，現在都在這裡了，難道妳想成爲人面魚的飼料嗎？還是打算大家就耗在這兒？等什麼？」鄭鑫柏冷笑著，「我打賭，不會有人進來找我們。」

陳明軒讚許般的笑開了顏，「的確不會。」

「你做事從來就很縝密，我沒質疑過。」鄭鑫柏倒是稱讚起來。

「誰、誰說不會？我們失蹤了那個小高，小高領隊不是知道嗎？時間到了我們沒出來，他就會報警的！」黃芳儀踉蹌的站起，恐慌的遠離陳明軒、遠離著所有人。

「可能不會知道吧，因爲小高不是被允許進來的人。」汪聿芃擰著眉走到涼亭邊緣，「要我說，這邊可能是另一個空間，或是內外時間不一樣，不管怎麼樣，你們該道歉的快道歉，少在那邊拖拉！」

陳明軒驚異的看著心浮氣躁的汪聿芃，「妳怎麼會……知道這些？」

「我們撞過的都市傳說，可能比你們看過的還多。」康晉翊嚴肅的上前，「汪聿芃雖然跳TONE，但心思比我們細，她說的應該沒錯吧？」

雖然他沒想到小高不得進入這一層。

「想靠小高是不可能的，你們越快吃完那隻魚，越誠心的道歉，事情就越快結束。」陳明軒看著黃芳儀，「我不懂妳有什麼不吃的理由，這裡妳欠李玟妮最多。」

「都是她的錯，要不是她這麼惹人厭，我也不會做出那些事！」黃芳儀哭喊著，「要不是……」

宋妍雪忍不住全身發顫，瞪著依然在怪罪李玟妮的黃芳儀，「卡片妳寫的嗎？」

黃芳儀不敢瞧她，瞪著草地，只是持續的瑟縮著。

有的事情，似乎不必非得聽見當事者親口說，就已經知道答案了。

鄭鑫柏手捧人面魚，忍著渾身散發出來的噁心，魚身上浮現出他熟悉的臉龐！

「噢天哪！」鄭鑫柏立即別過頭去，「李玟妮，妳不要鬧，妳這樣我怎麼咬

得下去！」

人面魚的臉龐，正是李玫妮。

是八年前那青春臉蛋，捲捲的頭髮，嬌俏模樣。

汪聿芃上前瞥了一眼，也正是在吳進昌車上的那一尾，她緊皺眉心，「最好說妳不生氣，吳進昌都死了啊。」

宋妍雪聞聲衝進來，看著鄭鑫柏痛苦的避開那條人面魚，她咬著牙也抓起自個兒撈起的那條，上面果然是李玫妮的臉，一瞧見浮出的臉，宋妍雪眼淚便奪眶而出。

「我的錯，我的錯……」宋妍雪哽咽著，「我眞的不想妳出事的！」

簡子芸不安的看著在外頭的黃芳儀，她如果不配合，會拖累所有人。

「要我看著這張臉吃這條魚？」宋妍雪質問著，「到底是誰變態啊！」

「跟人家道歉時，要看著對方，這不是基本禮儀嗎？」陳明軒皮笑肉不笑，「能開始的就開始吧，黃芳儀，妳可以拖沒關係，我有的是時間。」

「說了我不要我不要！」她持續尖叫說話，什麼人面魚，她怎麼可能吃得下去！

宋妍雪掐起了魚，忿忿的上前，「她不認錯就別逼她，等我吃完，我親自送她去見李玫妮。」

「什麼？」黃芳儀簡直不敢相信，「妳說什麼，宋妍雪，妳想殺了我嗎!?」

宋妍雪勾起一抹笑，「這裡不是什麼……另一個空間嗎？神靈居所？人面魚的起源？」

她邊說邊瞄向汪聿芃，是吧，那女孩剛剛是這樣說的！

汪聿芃點著頭，她的確是……這麼認為啦！陳明軒也沒否認不是嗎！不過……他們這七人眾裡，女生個性都很嗆耶！

「可是——」簡子芸直覺不該這麼做，要怎麼處理同學是一回事，但要他們眼睜睜的看著這些人自相殘殺？

汪聿芃突地打橫手臂，擋住了欲上前的簡子芸。

「我們都市傳說社的人，就在這裡做見證。」汪聿芃一字字對著鄭鑫柏手上的人面魚說著，「保證不插手！」

汪聿芃？簡子芸緊張的攀住她手臂，她在說什麼？萬一等等發生什麼事，也要袖手旁觀嗎？

「這樣好嗎？雖然不關我們的事……」連康晉翊也有疑慮，見了血不插手說不過去。

汪聿芃轉過身，看著依然痛苦的童胤恒，「我覺得不要插手，是讓人面魚放童胤恒一馬。」

咦？簡子芸看著蜷在石椅上冒冷汗的童胤恒，瞬間瞭然於胸，幾分鐘前她自己才脫口而出的啊！是否因爲童胤恒幫他們撈魚，所以都市傳說就開了口讓他頭疼了！

人面魚不希望外人幫忙！

鄭鑫柏忍著全身強烈的顫抖與噁心，終於正視了眼前的人面魚，橫豎都是一刀，快刀斬亂麻！

「李玫妮，對不起。」他驀地出聲，閉起眼、張大口，生生的咬下了魚肉。

『魚肉好呷嘸？』

人面魚的魚肉極堅韌，如此新鮮應該是鮮甜，只可惜現在鄭鑫柏無法品嚐其肉質好壞與否，他只有滿鼻息間的腥味，以及那令他頭皮發麻的反胃感，逼得他一陣一陣的打顫。

眼淚自鄭鑫柏眼裡滑落，滴上了人面魚的「臉龐」上。

宋妍雪已經忍不住哭了起來，還沒開始就乾嘔好幾輪，最終還是咬著牙，也張大嘴咬下了人面魚。

「對不起，李玫妮！」

『魚肉好呷嘸？』

如同傳說中的都市傳說，他們每咬下一口魚肉，人面魚都會回應招牌話語：

『魚肉好呷嘸？』

她沒有自白、沒有怨懟，只是不停的問著同學們：『魚肉好呷嘸？』。康晉翊則任誰看了都想吐，簡子芸選擇別過身去不想看他們咬魚肉的姿態，康晉翊則跑去照顧童胤恒；童胤恒緩緩睜開眼睛，看著外頭大雨傾盆，背後是哽咽的道歉聲、伴隨人面魚的聲音。

奇的是，他沒有再頭疼了。

「汪聿芃，童子軍好像沒事了。」康晉翊焦急的喊著。

簡子芸正把多的外套往童胤恒頭上圈，汪聿芃立即蹲到他身邊，細心的剝著巧克力親自送進他嘴裡，「吃，很甜的。」

童胤恒虛弱得任她餵著，後頭又一句李玫妮的『魚肉好呷嘸？』。

鄭鑫柏閉著眼，大口咬下。

「我跟你說喔，人面魚沒有魚鱗耶，他們都不必先去鱗。」她認真的跟童胤恒轉述。

「我沒有很想聽細節。」他無力的笑著。

亭子外的黃芳儀看著兩個同學真的這樣大口的吃起人面魚，覺得他們瘋了！瘋了！

「呀啊——啊——」她在雨中瘋也似地尖叫著，發洩著所有恐懼。

陳明軒上前，拾起她剛扔上來的人面魚，還貼心的用大雨將兩面洗了淨，接著走到她面前，蹲下身。

「不要再逃避，人不可能逃避過一生的。」他把魚硬塞進黃芳儀手裡，「李玫妮只是要個道歉，不想要妳的命，或是……妳希望以死謝罪？」

黃芳儀顫抖著看向同學，咬牙切齒，「陳明軒，你不是那樣的人，你明明善良，爲什麼要這麼對我？」

「我當年就是太善良了。」陳明軒淒楚的看著遠方，一步錯，步步錯，造成今天的局面。

黃芳儀手抖得厲害，看著魚上頭出現李玫妮的臉龐，兩眼圓瞪著她啊，李玫妮果然很恨她……

「一開始就是妳不好，是妳不好——」她對著人面魚哭喊，「我討厭妳對我說話的語氣，我討厭妳的態度！我……我不喜歡……對不起！對不起！」

黃芳儀哭得亂七八糟，她好怕，這八年來其實沒有一刻不內疚，這還不夠嗎？只是希望大家對李玫妮有意見，但不希望她失蹤或是出事啊！這眞的不是她的本意！

哭著喊著，還沒咬就吐了一地，但最後她還是得咬下去。

「對不起，李玫妮……」

『魚肉好呷嘸？』

照慣例，沒有人回答人面魚，牠自個兒的肉好不好吃。

氣氛沉靜，兩個在亭子裡啃著生魚肉，一個跪在外頭大雨之下吃著，相形之下，鄭鑫柏啃得豪邁許多，他刻意不去看那張臉，否則怎麼咬得下去！宋妍雪則是邊哭邊啃，避開那張臉，先吃沒臉龐的部分，小口小口的咬著，總是每咬一口就作嘔。

四周只迴盪著三個人的道歉聲，一口一句「對不起，李玫妮。」後頭跟著就是『魚肉好呷嘸？』。

童胤恒完全沒有受到影響，他靜靜的蜷在椅子上，背對著可能令人不舒服的景象，汪聿芃體貼的又餵飲料又餵甜點的，但她的心倒是都在後方的道歉進行式中，不時的回首。

鼻息間彷彿都能聞到魚腥味，聽著嚼魚肉的聲音，簡子芸都跟著打著顫，康晉翊將她摟進懷裡，叫她不要看，還拿衛生紙替她做了耳塞。

啪啪啪啪……突然間，才被啃五分之一不到的人面魚突然掙扎，從鄭鑫柏手中跳離！

「咦？」鄭鑫柏被嚇得跳起，措手不及，人面魚摔上地面，也嚇掉了宋妍雪手裡的魚！「怎麼？」

陳明軒從容走進，拾起掉落在地上那尾鄭鑫柏的人面魚。

「你不必吃了，李玫妮已經原諒你了。」他瞥了宋妍雪一眼，「妳還沒，請繼續道歉。」

簡子芸看著這景況，果然是前男友，待遇眞好啊……

陳明軒抓著鄭鑫柏的人面魚逕往外頭去，朝向右上的上坡處，來到宋妍雪當年扔戒指的地方，把魚拋回了潭裡。

鄭鑫柏頹然坐下，嘴裡充滿著魚腥味，他緊握的飽拳上都浮著青筋，正在克制想吐的衝動。汪聿芃望著手裡的巧克力猶豫時，簡子芸已經拿著一包口香糖趨前，遞給了鄭鑫柏。

他虛弱的笑著，道謝時淚水又滑了下來。

宋妍雪拾起自己的人面魚，拿到雨水下沖刷乾淨，右手來回抹去上頭的灰塵，身子是一陣又一陣暈噁。

突然間，魚上的那張臉張大嘴巴，狠狠的咬住她的無名指！

「呀——」宋妍雪疼得尖叫，鬆開了手！

她是鬆了手，但是人臉的嘴卻緊咬著她的手指不放，怎麼甩都甩不掉！

鮮血流出，康晉翊第一時間急著要上前查看。

「不行！」簡子芸連忙拉住他，「不能插手！」

「我不插手喔，我就只是旁觀。」汪聿芃好奇不已，毫不猶豫的跑出去。

宋妍雪不停的慘叫，讓跪在地上的黃芳儀嚇得扔掉才咬幾口的人面魚，看著她死命甩動手，魚上頭的人嘴卻緊緊咬著她的手指。

「啊啊啊——」叫聲淒厲，聽起來不像是一般的疼啊！

啪啦，人面魚終於在一次甩動中落地，與宋妍雪的手分開時，一道鮮血跟著噴出。

「啊啊……」宋妍雪顫抖著舉起右手，她的無名指被咬斷了。

連同那枚戒指。

摔落在地的人面魚面朝地，陳明軒即刻上前拾起，一翻正面，人面魚的嘴裡就咬著宋妍雪的斷指，尾端斷骨鮮血淋漓，但尾端切切實實戴著那枚戒指。

嗞——人面魚那張臉龐的嘴，突然就把那根手指吞入。

「她也原諒妳了。」陳明軒微微笑著，再度帶著那條魚朝上走去。

鄭鑫柏早衝出便拉著宋妍雪的手高舉，誰讓她血冒個不停。

亭子裡的簡子芸即刻回身翻找自己的背包，他們經歷過太多事情，隨身攜帶醫藥包早成自然！

「等等！」宋妍雪突然喊住了陳明軒，「讓我來！」

陳明軒狐疑的回首，宋妍雪咬著牙、依舊舉著手，在鄭鑫柏的攙扶下一步步的走向他；已經沒有人在打傘了，他們渾身淋了個濕透卻沒有心思感受到寒意，斷指隱隱作痛，但宋姸雪覺得這件事一定要她來做。

鄭鑫柏陪著她，半攙著她走到那熟悉的位置，當年她拋扔戒指的地方。

左手接過了她啃咬到一半的人面魚，上頭那張李玟妮的臉彷彿也正望著她。

「是我對不起妳，是我不配這段友誼，魚與戒指，都還給妳。」因爲是左手，宋姸雪刻意使勁用力朝潭裡丟去，「這次就不必還給我了。」

不停淌著水的臉龐上有一絲暖流，她知道是自己的淚，或許年少輕狂、或許不懂事，但這些都不能成爲藉口。

的的確確是他們間接害了李玟妮。

陳明軒平淡的看著這一切，魚沉入潭裡時，他的眼神幽遠。

鄭鑫柏再度攙著宋姸雪回到亭子裡，簡子芸與康晉翊等人即刻上前做消毒處理，動作俐落到鄭鑫柏瞠目結舌，而且這群人還隨身攜帶醫藥包！

「我還有帶氧氣瓶呢！」簡子芸瞥了宋姸雪一眼，「我要消毒了，會有點痛喔！」

「氧氣瓶？」鄭鑫柏簡直錯愕，裡面眞的有一小瓶的氧氣瓶。

「等你被活埋過就知道了。」簡子芸淡淡的哼了一聲，同時宋姸雪發出慘叫，鄭鑫柏還得壓住她的身體才不至於扭動過度。

童胤恒早已坐起，背靠著柱子沉澱心緒，一旁的社長跟副社正忙著替宋妍雪消毒包紮，黃芳儀依舊跪在外頭的草地上，汪聿芃呢？

不安的要起身，康晉翊感受到回身，立即擋下他，「你幹嘛？乖乖坐著。」他緊張的把他又壓回椅子上。

「汪聿芃呢？別讓她亂跑。」童胤恒緊皺著眉，「這裡不是可以讓她亂跑的地方！」

「她能跑哪兒去，還不是……」康晉翊望著亭外，自己沒意識到自個兒的嘆息，「大概想撈一條人面魚看看吧。」

他也想啊啊啊！

汪聿芃人就在亭子外，只是童胤恒的角度瞧不見而已，她穿著厚重的雨衣，打量著剩下的兩個同學，左邊是根本沒很認眞吃人面魚的黃芳儀，右邊是站在那兒、始終平靜的陳明軒。

「潭水這麼深，你也能釣到有戒指的魚，這也很厲害。」她所有好奇都放在陳明軒身上，「光是能找到那枚戒指，就已經足以令人佩服了。」

「是啊……」陳明軒幽幽的望向朦朧的潭水，「這麼深又這麼廣，要怎麼撈得到呢？」

「這就是我想問的。」汪聿芃揚起笑容，「你——」

「嗚……嗯──」沒吃兩口就在吐的黃芳儀，涕泗縱橫看著地上的魚狂嘔，上一句**『魚肉好呷嘸？』**都不知道是幾分鐘前了。

「厚！妳吃快點好嗎！大家都在等妳了。」汪聿芃不高興的嘟囔著，轉身往亭子輕快的步入。

看見氣色逐漸恢復正常的童胤恒，她開心的笑了起來。一旁的宋妍雪已經做了臨時包紮，只希望消毒成功，不過再怎樣那截無名指是不可能接回去了。

雨勢開始大到連涼亭屋頂都叮咚作響，宋妍雪跟鄭鑫柏疲憊的相互依靠，他們沒有睡去，淚水總是默默的滑下，不知道在後悔八年前的錯，或是後悔今日不該前來。

簡子芸翻開本子記錄所見所聞，康晉翊幾度拿起手機依然無訊號，連拍照也都不敢。

好不容易，兩個小時或是更久，發抖的黃芳儀終於把那條人面魚吃光了，除了魚頭跟內臟外，人面魚讓她把肉吃到一乾二淨爲止，都沒有任何掙脫的現象。

李玫妮就是要她把魚吃掉，聽著那百句千句的對不起，才願意放過她。

接著黃芳儀就是瘋也似的歇斯底里，狂哭狂吐個沒完，語無倫次的被壓力擊垮精神。

「走吧！我帶你們出去。」陳明軒泛出目前最輕鬆的笑容，一種任務達成的

舒坦。

所有人望著他心生質疑，可再多疑心，現在也只能信任他，因爲不管是康晉翊或是童胤恒，他們誰也都沒有把握能循著原路走回。

吐了一地、連走都無法行走的黃芳儀完全不正常，她又哭又笑，感覺都吐完了還是拼命的在乾嘔；已經變成「前」男友的鄭鑫柏還算有良心，半攙著她一起走，因爲她連站都站不穩，只能半抱半拖。

宋妍雪則蒼白著一張臉，亦是魂不守舍，在這不對勁的環境中，童胤恒還是自願壓隊，康晉翊本想說什麼還是作罷，知道他的個性應該是說不動。

所謂事情結束後，陳明軒並沒有想與同學們多做寒喧，只怕也不會有人想聊天了吧！八年前的那晚，所有的友誼就已宣告終止。

帶著大家走回剛剛的樹林裡，隊伍幾乎與來時一樣，差別只是在於少了一個人。

「所以，李玫妮到底怎麼了？」沉悶中，宋妍雪幽幽的問。

「那你們覺得爲什麼人面魚會出現她的聲音呢？」陳明軒的聲音帶著笑意，「我想嵐潭裡的每一隻魚都有她的一部分吧！」

落水了嗎？鄭鑫柏說不出話，雖然心底有譜，但是知道事實時還是令人難受！八年前那個晚上，李玫妮就已經不在了？

「她是不小心摔落的？還是？」鄭鑫柏想要個明白。

「我是在小木屋睡覺的人，我怎麼會知道！」陳明軒覺得這問題有些嘲諷。

「不知道？你都爲她做到這地步了，你怎麼可能不知道！」鄭鑫柏後面這句倒是充滿敵意。

陳明軒略微回頭，輕瞥了他一眼。

「我這麼做，是因爲當年我犯下的錯，我應該早點把話攤開來說；至於八年前那晚的事，本來就誰都無法得知，也就不必再追究了。」他的聲音帶著嘆息，「八年前的事情，今天已經全部了結，大家以後就不必再爲這件事情耿耿於懷了！」

有這麼容易嗎？宋妍雪看著斷指，逕自冷笑，這根斷指不就會提醒她一輩子嗎？

簡子芸不安的環顧四周，發現他們走的路跟來時路完全不一樣！適才最後五分鐘是土徑，兩旁的樹是梧桐葉，現在卻寬敞得有兩人寬，而且處處土岩，樹都是長在較高的岩石上！

莫名其妙的隨便都有轉彎，還都是岩壁了！

「這是哪裡？」康晉翊停下腳步，「這跟我們來的路不同！」

「當然不會相同，現在是要讓你們離開。」陳明軒沒有停下腳步，反而加快往前走，「請快一點！只怕等等雨勢會更驚人！」

再遲疑也只能跟上，童胤恒厭惡這種無力感，不過不到二十步，朝右轉向後，竟在一個大岩壁下出現了一個山洞！

陳明軒毫不猶豫的揭開外頭的樹枝入內，鄭鑫柏有幾分猶豫，硬攙著的黃芳儀開始鬼吼鬼叫，抗拒著不願進入。

最後還是康晉翊主動上前，朝裡面瞥了眼，意外的乾淨。

「好像……挺乾淨的。」他走了進去，宋妍雪也就伏低身子閃過樹枝跟進。

洞穴不深，但算是寬敞，大家硬擠的話每個人都有空間得以席地而坐，裡面有許多零零散散的乾樹枝，詭異的是還有一些破舊的外套與袋子，角落還有一個火堆的殘跡。

「這裡地勢高，等等就算大雨也不會淹水，一般都是避雨用的。」陳明軒把樹枝推到了一起，稍為清理一下地上多餘的物品，「你們就暫時在這裡，我去找外援。」

咦？眾人措手不及，陳明軒語畢就要離開。

「慢著！」宋妍雪立即抓住他，「你要去哪裡？」

「去找人來救你們。」陳明軒望著她的手，「妳的傷也必須儘速處理。」

「爲什麼你不帶我們出去？需要找什麼外援？」童胤恒滿腹懷疑，「這種天氣，你能去哪裡找外援？」

汪聿芃咬了咬唇，「千萬別叫直昇機啊，我們會上新聞！」

嗯……簡子芸朝她搖搖首，現在不是擔心這個的時候好嗎！基本上這附近也沒有直昇機可以降落的地方啊！

「我該做的事已經完成了，後面的事我會幫你們安排好。」依然不明說的陳明軒，輕輕拉開宋妍雪的手。

「少來！」宋妍雪再次抓緊，「你是不是要放我們都在這裡等死？」

陳明軒悲傷的看著宋妍雪，笑著搖了頭。

「原來其實你們也不那麼信任我啊……」陳明軒終於用力扯開了宋妍雪，「我已經說過，李玟妮要的只是道歉，你們既已道歉，這樣便已足夠。」

鄭鑫柏把黃芳儀放在乾樹枝堆旁，她驚恐的抓著他的大腿不讓他移動，「不要離開我！不要……我不要吃魚！我不要！」

歇斯底里的尖叫聲迴盪在洞穴裡，令人每個毛細孔都不安。

「時隔八年不要提什麼信任，每個人早就都變了！」鄭鑫柏沉著聲開口，「但我記憶裡的陳明軒是不會說謊的——你真的不是想置我們於死地？」

陳明軒回首，堅定的看著他，「不是，只是接下來的路我不會陪你們！請一定要在這裡等人來救你們，不要輕易離開，否則走不回來我也幫不了你們。」

他轉向另一邊梭巡康晉翊等人一眼，目光若有所思的放在童胤恒與汪聿芃身

上，接著正首，伏低身子走了出去。

「陳明軒，最後一個問題——」鄭鑫柏驀地大吼，「你對李玫妮的感情是什麼？」

當年沒有人感受到陳明軒喜歡李玫妮、或是他們之中任何一個人！

但是八年後，他卻願意爲了李玫妮做到這個地步，鄭鑫柏忍不住不去想——是否他心思極深，藏著對李玫妮的喜歡而絕口不提？

普通朋友，眞的會做到這個地步嗎？

身影在外頭止了步，陳明軒明顯的停了下來，但也只是遲疑兩秒，他沒有回答，而是逕往右方步離。

「不要走！你不要走！」黃芳儀發狂的緊抱住鄭鑫柏的腳，「他們要殺我！她要殺我——！我不要吃魚！啊啊好噁心啊！」

「不要尖叫了！」宋妍雪氣急敗壞的喊著，她叫得令人渾身不舒服啊！

汪聿芃看著洞口的樹木，朝前微移了兩步，後頭的康晉翊主動找塊地，想先扶童胤恒坐下。

「不行……」汪聿芃突然喃喃自語，「不能就這樣……喂！」

下一秒，她就衝了出去！

咦？童胤恒完全措手不及，「汪聿芃！」

第十三章
所謂友誼

右邊！汪聿芃一衝出去，立刻朝右方奔去，人呢……他們剛剛走來的路居然消失了，她站在山中，原地轉著圈，怎麼可能走這麼快，至少要有身影，在哪裡——在……

那邊！她驀地在左方瞧見人影，拔腿就狂奔。

沒想到陳明軒可以走得這麼快，但她可是短跑冠軍，這樣的短距離瞬間爆發力，她還是有點自信的！

她有一堆問題要問他，而且外面那群在颱風天跳海淨灘的人怎麼辦？

眼前看著明明是條土徑道路，卻在衝過某棵樹的瞬間豁然開朗，兩旁不僅完全沒有樹，剛剛的涼亭就在十一點鐘方向，還有在大雨中的嵐潭！

陳明軒與她的距離從未拉近，他人已經朝剛剛撈魚的下坡段走去，汪聿芃只有火速的衝刺，穿過涼亭時，她完全失去了陳明軒的身影，但是卻看見下方有著一圈又一圈的漣漪。

汪聿芃深吸了一口氣，竟沒有遲疑的一路滑下去，直接跳進嵐潭中。

嘴裡咬著鑰匙圈上的手電筒，嵐潭的水底果然是綠色的，初時渾濁，但隨著她的燈光，她可以清楚的看見……團團將她包圍的魚群們。

那是極普通的魚，彷彿有意的將她包圍在中間，魚身上沒有任何的人臉，汪聿芃再往下沉，終於隱約的看到人影，那是個……在奔跑的女孩背影！

捲髮女孩哭著往前跑，沒多久踉蹌得跌倒在地，她伸手摸了摸後腦杓，跟著反胃噁心的往旁邊乾嘔，用力甩了甩頭，似乎還一時站不起來，一個人在黑暗的小徑上坐著。

她不停的抹著淚，咬牙咒罵著委屈，過了一會兒後，她吸吸鼻子勉強站起身，卻一直搖搖晃晃，踉蹌得朝旁不穩的倒去。

勉強扶住了小徑旁的木樁小圍籬，她難受的甩著頭，撐著身子走沒幾步，一路都相當不穩當，看上去很難受；不到十步，她決定就近坐在木樁欄上喘息，可是連坐都坐不穩，整個人瞬間向後翻倒，翻出了木欄外。

撲通一聲，女孩就摔進了潭裡。

她痛苦的試圖掙扎，可惜有氣無力，連叫喊都喊不出聲，水花只拍打了兩下，就往潭底沉入……

汪聿芃看著上方沉下的人影，微捲的瀏海，一如之前人面魚上的臉龐，女孩闔著眼，看上去相當平靜，漂浮的手指上，有著一枚單鑽的戒指，與宋妍雪那枚一模一樣……

腦震盪嗎？他們說過吳進昌拿瓶子砸中了李玟妮的頭，是不是因爲這樣，她才會頭暈目眩又想吐，因此後翻出了欄杆……

圍繞著她的魚群身上瞬間開眼，一顆接著一顆的眼珠自魚身上冒出，牠們擁有同一張臉，李玟妮的臉正眨巴眨巴的望著她。

眼前的影像繼續，越沉越底下的李玟妮，然後……一點一點的白點落下，轉換成迷你魚、小魚再變大魚，牠們在水中旋轉著，逐漸變成一個人？

唰！魚群瞬而四散，汪聿芃驚恐之餘，後方突然有人環住她的腰，直接就向後拖去！

什麼——她慌亂的掙扎著，倉皇的回首，看見的是熟悉的面孔！

唰！兩個人雙雙浮出水面，汪聿芃這才大口的換氣，「呼……呼……你、你——你做什麼啊!?」

「妳找死嗎！汪聿芃！」童胤恒劈頭就罵，「妳跑來跳嵐潭？人面魚沒有對妳說人肉好呷嘸？」

汪聿芃正喘著氣，她望著童胤恒很想解釋，「我是追著……追……」

「我管妳追誰！他才說不要離開洞穴，要是走不回去妳怎麼辦？而且周彩薇才剛死在這裡，妳就這樣跳下去？」童胤恒簡直氣到要抓狂，「妳到底是有沒有在思考啊？」

「我有啊，我想知道發生什麼事！」汪聿芃急著辯駁，「只有我才看得到都市傳說，說不定我能知道八年前那晚怎麼了！究竟發生什麼事！」

「那也不值得拿命去拼！」童胤恒簡直不敢相信，「妳也想跟夏天學長一

樣，成為都市傳說嗎？」

汪聿芃大口換著氣，趨前拉住他的衣服，童胤恒正怒火中燒，說什麼他都不會高興的。

「對不起，我看見陳明軒跳下來，我就……」她與他一起往岸邊游去，「不過我沒事，沒被吃掉。」

是啊，童胤恒這才回神，他也跳下來了……但魚在身邊游，好像沒有想吃他們的意思。

跳下來容易，但原處是爬不上去了，周彩薇掉下的那段斜坡距潭面也有五十公分高，他們只好游到更遠更淺的地方上岸，吃力的爬上去時，汪聿芃仰首望著上方步道旁的矮木樁圍欄……喔喔，李玟妮是從這裡翻下去的嗎？

「以後不要再做這麼危險的事了！」童胤恒撐起身子，實在很想打醒這傢伙。

「嗯……」她默默點著頭，「啊你也是。」

「我？我！」童胤恒瞬間怒從中來，「妳現在是在檢討我嗎？汪聿芃？」

「啊你還不是跳下來了……」她可憐兮兮的說著。

童胤恒瞪圓了眼，痛苦的做一個非常用力壓抑的深呼吸，撐著草地一骨碌起身，「走了！最好可以原路回去！」

汪聿芃沒敢再多話，現在好像多說多錯。他們拖著濕透又沉重的步伐好不容易爬回步道，還得繞個大弧圓才能回到剛剛衝出的地方，只是即使走回那兒，是不是真的能找到洞穴也未可知。

「啊……」汪聿芃戛然止步，同時拉住了童胤恒。

「怎麼？」童胤恒防備心起，望著前方的石板步道，戒慎恐懼。

陳明軒就站在前方大概二十公尺處，指向了右手邊的樹叢，接著伏身步入。

「陳明軒。」汪聿芃壓低聲音，往童胤恒身邊靠。

童胤恒略怔，左顧右盼，「哪裡？」

「剛剛在正前方啊，那邊！」汪聿芃直指前面，「現在往右邊的樹叢走進去了。」

童胤恒凝視著汪聿芃半晌，是真的陳明軒，還是都市傳說出手幫他們？

他沒多說話，也不會質疑汪聿芃的所言所行，用力摟著她，兩個人一塊兒向前走，直到了汪聿芃說的那個樹叢前。

基本上這裡沒有路，只有密密麻麻、他覺得硬走進去會是正面刮痧的可怕樹叢。

『**這裡，快點。**』

聲音突地從腦子裡傳來，童胤恒顫了一下身子，不可思議的瞪圓眼。

「怎麼了？」她緊張的問著。

「不會痛……」他有些詫異，但剛剛那像是陳明軒的聲音。

「聽見什麼了嗎？」

童胤恒用力點頭，「走吧！」

兩個人試圖伸手撥開樹枝，鼓起勇氣走進去，卻在第一根樹枝後再度看見寬廣熟悉的道路。

一點鐘方向就是大家都在的那個洞穴，可是放眼望去，沒有陳明軒的身影。

「童子軍！汪聿芃！」

一看見同學進來，簡子芸當場就哭出來了，她衝上前抱住汪聿芃，剛剛她簡直嚇死了！

康晉翊至此大大鬆了一口氣，有點不滿的搥向童胤恒，「你們這樣跑出去是怎樣啊！」

天曉得他們多擔心，萬一他們回不來怎麼辦？

「都沒事吧？」宋妍雪虛弱的問著，坐在地上靠著洞壁，沒氣力起身了。

「沒事。」汪聿芃搖了搖頭，瞥到角落的黃芳儀已經安靜，不過看起來像在做惡夢，不停的夢囈。

「你們出去做什麼？有什麼事嗎？」康晉翊焦急的問著。

他們不約而同的搖了搖頭，不覺得這是當說的時候，康晉翊也非常識相，只叫他們快點把雨衣脫掉，裡面都濕了披雨衣有什麼用……不是啊，爲什麼全身都濕啦？

簡子芸催促他們快點坐下，有多少食物先吃點補充熱量。

「我們可能就這樣死在這裡嗎？」宋妍雪靠著牆，絕望的說著。

「我信陳明軒。」鄭鑫柏倒是信心十足，「我們出得去的。」

宋妍雪朝左看著他，苦笑一抹。

「聽聽他說的什麼屁話！八年前的事到此了結了？我現在滿嘴都是腥味，我一輩子都不可能忘掉我生啃人面魚！」宋妍雪痛苦的閉緊雙眼，眼看著就要反胃。

最終她還是爬到洞穴外去，嘩啦的吐了起來。

他們這輩子都不會忘記這一天，那有著李玫妮臉龐的人面魚，手捧著滑溜黏膩的人面魚，忘不了魚兒蠕動的姿態，更無法忘掉那口感跟滿嘴的腥味。

「這輩子，大概沒人敢吃魚了吧。」鄭鑫柏看著洞穴頂，自嘲般的笑了起來，「一輩子的陰影啊！眞不愧是李玫妮，就是要讓我們一輩子誰都忘不了她！」

低低的笑聲在洞穴裡漫開，爬回來的宋妍雪跟著笑了起來，那笑聲裡帶著悲傷、嘲諷，還有無盡的懊悔與絕望。

對面的都市傳說見證者們只是默默的看著他們，相較於這裡的小齟齬，他們想到的是外面五彩斑爛人面魚集體催眠大會，那勝比在這裡發生的事還要可怕吧！

手機依然沒有訊號，但是簡子芸拍下了洞穴裡的一切，以及虛脫發冷的眾人。

希望陳明軒說話算話，否則光是看著不停發抖的童子軍與汪聿芃，遲早會失溫。

刹……刹刹……外頭突然傳來聲響。

「這邊吧？對啦！往左邊！」

咦咦？康晉翊立即站了起來，所有人又驚又恐的看著洞穴門口。

一個影子逼近，接著樹枝被撥開，探入了頭。

「你們怎麼跑到這裡來了？」

「小高！」簡子芸簡直喜極而泣，「天哪！你找到我們了！」

「什麼？哎唷，怎麼濕成這樣？」小高步入，後面是幾個陌生人。

眾人一瞧見生人，立刻警覺的向洞底縮去，但陌生人們手拿著毛毯，直接朝向凍得發抖的汪聿芃跟童胤恒去。

「得快走了。」有個大哥說著，梭巡了一圈，「那個女生能走嗎？」

他指的是黃芳儀，鄭鑫柏搖了搖頭，「她精神也不行，狀況很差。」

「那個阿奇來揹。」大哥朝外頭說著，外頭又走進了一個人。

「這些是保護區的居民啦，一起來找你們的！」小高說得輕鬆，「走了走了，大家起來吧！」

簡子芸相當遲疑的看著這些人，拿起背包時有人想接手，她立即搶回來的婉拒，東西還是揹在自己身上妥當；康晉翊協助大家揹好裝備，雨衣重新套上汪聿芃及童子軍的身體。

「小高，你爲什麼會找來這裡？」汪聿芃牙打著顫。

「啊？烏拉約好的啊，他說一個半小時後如果都沒聯絡，就要我照著地圖來這裡找你們！」小高揚了揚手上的地圖，「這些大哥們是主動來的，說雨這麼大，你們一定濕了！」

所有人一片茫然，「一個半小時？」

小高才一臉莫名其妙，「對啊，走到這邊差不多二十分鐘吧！這裡離停車場挺近的，走囉！」

大家魚貫走出，黃芳儀眞的被人揹上身，所有人不明所以的跟著小高走，眞的差不多二十分鐘的路程，熟悉的小巴近在眼前。

「有人受傷，先到醫院去。」原民大哥對小高交代著，「就這樣了，我們也

得回山上去了，颱風要來了。」

「謝謝大哥！」小高接過了熱水跟食物，都是讓車上的人暖身用的。

「等一下！」童胤恒突然衝下車，卡在門口對著要離開的原民大哥們喊著，「你們都認識陳明軒嗎？他人呢？」

一群原民大哥們回頭，嘴角揚起笑容。

「我們認識的叫烏拉，他是我們永遠的朋友！」

脫去雨衣的簡子芸默默拿起手機，通訊已然恢復，小蛙跟蔡志友瘋傳的訊息是：『陳明軒現在是保護區的嚮導』。

她噙著淚看向康晉翊，他只是用力的握著她的手。

他們抬起頭，看著小巴上的石英數字鐘，距離他們離開的時間，才過了兩個小時又十分鐘。

空拍機在大海上方遨翔，今日晴空萬里，蔚藍的天卻無法令人心曠神怡，鏡頭移往海岸線，拍到的是密密麻麻的馬賽克，一整片一整片沖上岸的屍體，塞滿了整個沙灘。

國軍全體出動，一一拉著遺體上岸，分區擺放整齊，沙灘封鎖線外是心急如焚又傷心欲絕的家屬們，等待著找尋親人的遺體。

一場颱風，投入海中的人不知凡幾，淨灘中被海浪捲走的不計其數，經過初步調查，已經證實這些都是買了多彩人面魚回家的家庭，而人面魚身上的臉龐，都有著逝去親人的臉孔，外出「淨灘」的家人，口口聲聲說是人面魚上的親人，叫他去淨灘或到海裡撿垃圾。

遺體與報案的人數相差甚遠，沉在大海的不知凡幾，只有部分被家人約束或強制不讓出門的人無事，清醒後完全不記得自己堅持要外出淨灘的行為，最後的記憶都在於人面魚的呼喚。

颱風過後一星期，屍體清不盡。

『那真的是我爸爸！』被家人阻攔沒去淨灘的倖存者接受訪問，『我正在泡茶，他就開口叫我，那是我爸爸的臉、我爸爸的聲音，我走過去……接著我在床上醒來，全身都被綁著，根本不知道發生什麼事。』

舉國上下一片哀悽，所有的新聞都在播放並強力追蹤這幾乎無法解釋的「人面魚集體催眠事件」。

輕軌站的所有電視亦然，有的拍攝整條海岸線馬賽克的畫面、有的是訪問泣不成聲的家人、有的則是採訪生還者。

『而造成這些可怕人面魚的工廠已確定停業，該工廠雖在上游，但也在颱風中遭受重創，河水暴漲，隨著排放管線逆流而上，山上也淹水倒灌進工廠，甚至有多隻人面魚出現在工廠裡，機台器械全數泡水。』

鏡頭拍到工廠裡汪洋一片，機台註定報銷，站內旅客連聲叫好。

車子來了一班接一班，康晉翊連想移動的心情都沒有。

「逆流而上？」小蛙輕聲說著，「騙誰啊！」

蔡志友挑了挑眉，一切盡在不言中的臉。

『插播最新消息，這次的受害者中，包括了該工廠的老闆，警方稍早在南生河下游打撈到他的屍體，他也是這次少數不在海邊的遺體之一。』記者看著稿子，突然擰起眉心，『嗯，由於遺體被啃蝕嚴重，加上已經多日，所以警方是從他身上的證件研判出極有可能是該工廠老闆，詳細結果還是必須等待解剖報告出爐；據廠長表示，颱風前夜老闆冒雨上山意圖防災，卻就此下落不明，可能因此衝入了他自己汙染的河川當中……』

「不用猜都知道是誰啃了他。」前方的情人們吱吱喳喳，「就是他排放廢水，才會產生那種可怕的人面魚！」

嗯嗯，他們不知道後面一整票人頻頻點頭，深有同感啊。

那一句句『**人肉好呷嘸**』可是沒人忘得了。

『至於令人聞之喪膽的人面魚們，據傳目前已經幾乎沒有生還的魚，南生河裡的已盡數死亡，而民眾買回去的觀賞魚，幾乎在颱風離開後幾日全部腐爛，據說都是化成一灘與人面魚身體一樣顏色的爛泥，且會發出惡臭，味道與工廠排放的廢水如出一轍，味道還會吸附在傢俱上，多日去除不掉。』

簡子芸立刻看向汪聿芃，她也買了一隻啊！「妳的呢？」

「還是好好的。」她聳了肩，「可能我不是挑親人樣貌，我看網路上說，隨便挑的觀賞魚似乎不會催眠人。」

「但還是會爛啊！網路上影片超多的，爛到連魚骨都沒有！」蔡志友覺得噁心，但每一個都看了，「魚缸裡就是糜爛的泥狀物一片。」

「不知道耶，我的到現在都還活得好好的，出門前我才餵呢！」

「嗯，妳連養隻寵物都不一樣啊……」童胤恒很認真的說道。

「外星女養外星魚嗎？」小蛙覺得這連結太完美。

車子又即將進站，康晉翊瞥見電視角落的時間，驚覺時間逼近，「喂！我們不能再耗了，快點走，不然會遲到！」

喔喔，眾人也才意識到時間流逝，光站在這邊看電視都傻了，但這裡可是一大群人都在看呢！他們趕緊進入車廂，今天有個午餐約會，準備挑戰大家的膽識。

「說好我不吃魚。」簡子芸拉著桿子，先聲奪人。

「很好吃的！」汪聿芃又來推銷了。

「這不是好不好吃的問題……我的天哪！妳看見他們那大……」簡子芸欲言又止，左顧右盼後趨前壓低聲，「生啃人面魚後，妳還吃得下去？」

汪聿芃萬分不解，「我們是去吃夢幻魚料理。」

牠是熟的，而且烹調過，也不是人面魚。

「妳不要跟她說那些，她連不上的！」童胤恒輕壓了壓她的頭，別強人所難。

「哎唷，你們都在說一些令人羨慕的事啊！說好的照片呢？說好的錄影呢？」小蛙一臉苦逼。

「那種狀況誰敢錄啊！對方都直接開口了！後來看見成山的人面魚後，連拿手機出來都不太敢。」康晉翊內心也是惋惜，「雖然我想過偷拍，但還是不要惹都市傳說的好對吧？」

「沒錯，只是插手就足以折磨得我死去活來。」童胤恒眞的很想去照核磁共振，看看他腦子到底有沒有受損。

蔡志友只是看著幾個安然無恙的同學就覺欣慰，「我不管別的，這次平安就好，你們不知道一聽見陳明軒是嚮導時，我心都涼一半了。」

「喔對！傳訊未讀，電話也打不出去時，另一半也涼了。」小蛙嘆口氣，那天他們在外面束手無策，連他們在哪兒都不知道。

想要回去尋找也不知道從何下手，加上一堆人要去淨灘，擠得他們離不開，只好就近待在一家沒養人面魚的咖啡廳殺時間，等到風強雨驟時，人潮車潮也漸散，他們才趕回學校，而那時，他們四個也已經離開了保護區，全在醫院裡。

說好的保護區變成去嵐潭，明明待超過四個小時卻變成只有一個半小時，接著汪聿芃講述在那邊發生的一切，又噁心又令人興奮，多想多想親眼看看，那整片潭水裡的人面魚啊！

只是童胤恒若有所思，汪聿芃什麼都講了，卻隻字不提那天跳潭之後的事。

轉乘地鐵後，他們再度來到了吳進昌的餐廳。

一進門，就看見坐在那兒朝他們招手的宋妍雪，帶著憔悴的面容，右手的無名指依舊包紮著，尚未拆線。

他們相約在吳進昌的餐廳，或許算是一種紀念方式。

餐廳門可羅雀，剛出事根本沒人有心外出用餐，更別說這間主打夢幻魚的餐廳，現在人人聞魚色變吧！原本的夢幻魚海報都已撕除，也只有「都市傳說社」，會預訂這樣菜色了。

鄭鑫柏正擺好碗筷，看上去倒是雲淡風輕，沒什麼事兒的樣子。

「黃芳儀來不了了嗎？」簡子芸幽幽的問。

「來不了了，我昨天去看她時，還是用束縛帶綑著，歇斯底里，完全無法溝通。」鄭鑫柏嘆口氣，「生啃完那條人面魚對她的壓力太大了，據說即使沒吃東西也照吐，什麼都吃不下，才一星期都瘦成皮包骨了。」

「很像李玫妮的個性啊，帶給我們的陰影單位都是一輩子起跳。」宋妍雪笑得悽楚。

「欸欸！社長，你耶！」小蛙突然拍拍康晉翊的肩頭，大家不約而同的看向電視畫面。

『人面魚是很可怕的都市傳說，而聲明大噪的都市傳說社團早在一開始彩色人面魚泛濫時，就曾在網頁上提醒大家留意人面魚，不知是否有預料到什麼事？』

康晉翊哎唷了聲，羞得不敢看電視低下頭。

『其實對於都市傳說，我們都是抱持敬畏的態度，一隻會開口的人面魚已經很詭異了，突然出現那麼多人面魚那叫可怕，我們的處理方式覺得是尊重並遠之。』康晉翊在學校某處噴水池邊，面對鏡頭非常尷尬。

『以往都市傳說社總是能知道都市傳說的事件或走向，這一次無法破解嗎？或是給大眾提醒？』

『我想我們呼籲不要買人面魚回去觀賞時，已經提醒了，都市傳說怎麼可能是能預料得到的？人面魚的反撲我們也是始料未及！』

『那都市傳説社在這次的人面魚事件中，是否也有經歷到什麼呢？』

『嗯……』康晉翊明顯停頓，『這一次的催眠事件，是大家一起經歷的悲傷事故，我們都希望不要再有下次，也不要再遇上如此可怕的都市傳說了……謝謝！』

鏡頭裡後方是簡子芸，趕緊拉走康晉翊以解救，他們朝記者微笑後快速離去。

「說得不錯啊，你們不打算說出我們的事嗎？」鄭鑫柏看著羞紅了臉的康晉翊。

「暫時不要，現在不是時候，舉國上下都在悲傷的氣氛中，這都不知道是天災還是人禍了。」簡子芸回應著，這是大家開會討論的結果。

「上菜喔！」服務人員上了數道菜餚，先讓大家墊墊胃。

汪聿芃看著宋妍雪右手的斷指，她還不太靈活，鄭鑫柏主動爲她夾菜，也跟店家要了叉子方便她用餐。

「那天晚上，吳進昌的瓶子打得李玟妮腦震盪，所以她頭暈不穩加嘔吐，就不小心摔進嵐潭裡了。」汪聿芃突然一口氣說完八年前的事。

整桌的人還在夾菜，沒人能反應得過來！

「什麼？」蔡志友趕忙叫她再說一次，「妳慢一點，再說一次。」

「腦震盪，頭暈，跌倒，摔進去，死掉。」這次她用了更簡單的詞。

童胤恒笑了起來，「妳在潭裡看見的？」

汪聿芃點了點頭，她對面的宋妍雪跟鄭鑫柏完全聽不明白，「妳爲什麼會知道？」

「因爲我追陳明軒出去後，跳進了嵐潭裡，就看見了八年前的事……嗯，應該是人面魚或是李玫妮希望我看見的吧。」汪聿芃聳了聳肩。

「妳之前怎麼沒說？」小蛙嘖了一聲，賣什麼關子！

「我討厭說兩次。」她嘟起嘴，就趁今天聚會時一併講啊。

康晉翊瞬間瞭然於胸，「所以她不會放過吳進昌，原來如此。」

「那小薇呢？」鄭鑫柏不解，「她進了潭就被吃掉，妳進去就沒事？」

「不好意思，這位是我們的外星女，她不是地球人，可以看得見都市傳說。」小蛙非常鄭重的爲他們介紹汪聿芃，「如月車站都進出過了，我想人面魚的家可能也是小事。」

童胤恒忍不住輕笑，踢了小蛙一下，「最好是！沒被吃掉是李玫妮心情好！」

「或許不是……因爲她眞的是局外人。」宋妍雪瞇起眼，「撈魚只是個考驗，或是增加我們恐懼感的方式，讓我們從撈魚開始就壓力大到快崩潰；反正李玫妮就是恨著我們，誰掉下去剛好餵食，並不是刻意選小薇，今天如果掉下去的是我也一樣吧。」

鄭鑫柏沉吟兩秒舒了舒眉，「同意。」

「妳還看見什麼了？」童胤恒撞了汪聿芃一下，別瞞哪。

「嗯……」汪聿芃認眞的猶豫著，「李玫妮的手上，有一枚跟妳一樣的戒指耶！」

宋妍雪略怔，旋即一笑，「是啊，我們是對戒，象徵友誼。」

「一模一樣？」

「一模一樣。」宋妍雪斬釘截鐵，「一樣的款式、一樣的戒圍，還刻一樣的字！」

「所以，妳怎麼能確定那天魚身體裡的戒指，是妳的？」汪聿芃好奇的眨了眨眼，卻讓宋妍雪傻了。

她怎麼確定？下意識望著自己的斷指……她無法確認啊！

「不是她的，難道是李玫妮的嗎？」簡子芸覺得這問題太怪了，「如果能拿到李玫妮的戒指，那她的屍體也應該找到了吧？」

「嗯，我覺得不一定！」汪聿芃皺著鼻頭，「與其在一個深潭裡找一枚小小

的戒指，還不如從李玫妮那兒得到比較快！」

一桌人莫名其妙的看著她，這也很難好嗎？

「我知道她的意思，因爲之前提供魚的釣客是陳明軒，所以她認爲陳明軒知道李玫妮的屍體在哪裡。」童胤恒非常瞭解她的明白。

「好，即便如此，那爲什麼他不報案，讓警方打撈她呢？」鄭鑫柏覺得這推測太離譜。

「因爲——」汪聿芃雙眼熠熠有光，「我那天在這裡看到他了！」

中氣十足，字字鏗鏘，一桌七個人望著她，屏氣凝神思考著，卻完全沒有人能夠連上這邏輯！

「所以呢？」小蛙眞想哀嗚，「聽不懂啊！」

童胤恒眼尾瞄著她，突然一個震顫，驚異的瞧向汪聿芃，「果然嗎？」

「什麼？」康晉翊焦急的問著，「你都快變半個外星人了，翻譯啊童子軍！」

「我……」才想解釋，蔡志友的手機好死不死的響起，大家紛紛哎唷了聲，他抄起手機往外走。

「不許說喔！得等我回來！」他嚷著，拿著手機出去。

厚！每個人都按捺不住，唯童胤恒的冷汗滑下臉龐，悄悄瞄著吃得正開心的小蛙，希望他等等還笑得出來。

沒三十秒，蔡志友就折回了。

「欸，重要電話。」他坐下來，神情有點嚴肅，「陳明軒的妹妹！」

咦？鄭鑫柏鄭重的放下筷子，嚴肅的看著手機。

「陳小姐，我們社員都在旁邊，我用擴音喔！」蔡志友禮貌的得到肯定後，按下擴音。

『呃，你們好，我是因爲看見我爸壓在墊子下的名片才打來的，都市傳說社就是A大那個嘛！我以前是你們的粉絲耶！』女孩的聲音很溫厚，『我問了我爸怎麼回事，他說不清楚，只說有人要來找我哥，所以我只好打來跟你們解釋一下。』

「是的，是我們去找陳明軒的，其實是因爲想問當年李玫妮事件，不過因爲他沒跟令尊住在一起，所以我們沒遇到。」蔡志友繼續客氣的回應，「留下名片是希望陳明軒回去後能聯繫我們，也請令尊轉達了。」

『遇到？我爸跟你們說我哥在保護區當嚮導對不對？』女孩輕笑。

「對啊……」小蛙眼神死的看向童胤恒，那震撼至今難忘。

『眞不好意思，我爸他失智，記憶都已經退化，只留下美好及過去的回憶，很多不願面對的事都會自動忘記！其實我哥五年前出車禍之後，就已經往生了！因爲他很喜歡釣魚，也認識了很多保護區朋友，後來我們全家一起帶著哥哥的骨灰灑到了嵐潭裡，所以我爸就自己以爲他在那邊當嚮導，我們也就順著他的話講。』手機那頭的女孩說得誠懇，她不會知道這一頭的餐桌上，氣氛有多冰冷。

『……哈囉？喂？』

「喂！」率先回應的是汪聿芃，「請問當年他車禍時很嚴重嗎？火燒車或是……」

『咦？妳怎麼知道？我哥撞擊時車子起火了，救出來時已經回天乏術！』

「在嵐潭長眠，是他的遺願嗎？」童胤恒再問。

『嗯，我覺得是啦，他生前很常去那裡憑弔李玟妮，也一直說都是他的錯，山裡的朋友說，他希望能跟自然共生，我哥的確喜歡那裡，我們就如他的願了。』

五年前，陳明軒就已經不在了！鄭鑫柏跟宋妍雪的心都涼了半截。

童胤恒繼續寒暄兩句，道謝後切斷了手機。

「媽啊！」小蛙整個人跳了起來，「那你們——」

「其實不太意外，那天陳明軒給我們的感覺就不是普通人。」康晉翊倒是泰然。

「所以啊，」汪聿芃托著腮，「與其撿妳丟掉的那個，不如直接拔李玟妮手上的戒指來得快。」

在童胤恒拖她上岸前，她看見的是水裡無數條小魚，組成了一個人的姿態，有點像陳明軒，輕易的拿走了沉在水裡、李玫妮指頭上的戒指。

「他拿得到戒指，但他無法通報李玫妮在哪裡……因為他也已經不在了。」童胤恒突然有點感動，「這是連死後都鐵了心要找她的堅定啊。」

宋妍雪苦笑，淚水逕自滑落，「他比我們都珍惜所謂的友誼吧。」

「哇靠！那阿嬤說的是真的囉？」小蛙詫異的看向蔡志友，「阿嬤一直堅持去他們家的是陳明軒啊！」

「什麼？」宋妍雪聽不懂，「哪個阿嬤？」

「李玫妮的阿嬤，之前我們去找李玫妮時，她的阿嬤堅持陳明軒在數天前有去他們家，但李媽媽說那只是一個修行者！」蔡志友重重的嘆氣，「我用你們形容的烏拉去問過李媽媽，好像真的是同一人……」

「阿嬤好厲害，變了樣子也認得耶！」小蛙心裡又毛但又忍不住佩服，「靠！這樣算起來好像有點可怕……」

小蛙說的，趕緊拿起手機滑動日曆。

宋妍雪與鄭鑫柏互看一眼，陳明軒還特地去李玫妮家一趟嗎……

「不必查了，你要說陳明軒去李玫妮家時，是吳進昌吃到人面魚的隔天對不對？」蔡志友早就留意到這點了。

「所以汪聿芃那天在餐廳外看見他，是因爲他已經是都市傳說了對吧？」簡子芸也跟著溫柔回應，「只怕也只有妳看得見他了！」

汪聿芃肯定的點著頭！那天他們到這間餐廳時，她就看見陳明軒站在外頭，斜斜的望著裡面，剛剛她跑去算了角度，恰好可以看見當時坐在裡面等待吳進昌的宋妍雪呢。

「來——上菜！」廚師端著熱騰騰的魚出來，「夢幻魚！」

嘔……宋妍雪打了個寒顫，強忍著反胃，光是聞到那味道就想吐，鄭鑫柏看著那魚頭，那天的口感至今仍停留在嘴裡，一時難以忘懷。

「這道眞的很好吃！」汪聿芃拿起筷子，朝著老廚師說道。

「是啊……一看到這道菜，就可惜了吳進昌那好孩子。」老廚師一臉悵然。

「這個魚還是之前釣客提供的嗎？」童胤恒巧妙的問著。

「啊，抱歉，不一樣了，那個釣客不知道怎樣回事都聯絡不上了，我們用了替代魚種，但肉質一樣很好！」老廚師再三保證，「我試過口感了！眞的！」

因爲已經不需要提供魚了啊……

「呃，我可以請問一下嗎？當初說嵐溪夢幻魚很好吃的，是那個釣客嗎？」康晉翊想到了關鍵問題。

「對對對！就阿烏說的，他說他的魚都很好吃，但不如嵐溪的夢幻魚，聽得大家都很心動……」老廚師尷尬一笑，「不過現在，敢吃魚的人應該不多了。」

「一時的啦，人是很容易遺忘的！」蔡志友笑著安慰老廚師。

「哈，希望如此。大家慢用！慢用！」老廚師說完便趕回去廚房忙了。

宋妍雪扯著嘴角，一時？對她而言實在太過困難，光看著桌上這條魚就想吐了。

汪聿芃自然是第一個夾魚的人，童胤恒倒也還好，蔡志友跟小蛙不在話下，沒親眼看過那場面根本沒什麼陰影，簡子芸擰著眉心，康晉翊遲疑半天還是試著夾魚肉，發現自己沒有想像的恐懼。

鄭鑫柏跟宋妍雪自然不可能吃，他們專心在吃牛肉，希望忘掉那刻在腦海裡口感。

鄭鑫柏的手機不停亮著，他偶爾查看偶爾回應，大概是桌上最忙的那位。

「女生？」宋妍雪挑了眉。

「嗯，有好感的。」鄭鑫柏倒是沒遮掩。

簡子芸詫異的看著他，事發才過一星期，他已經有了潛在對象了，速度也太快了吧！

「你都不必有療傷期的喔？」她忍不住問。

「嗯，有吧，不是都過一星期了。」鄭鑫柏認真的思考著，「也有可能我對

芳儀責任大於愛吧！畢竟玫妮失蹤後都是她陪在我身邊的，一種習慣。」

有夠老實……小蛙倒是挺欣賞這傢伙的。

「啊，接個電話。」手機震動，看來對方不想只用訊息聊了，鄭鑫柏起身往外走去。

眾人看著他的背影，想起那天李玫妮很快就放過他，只讓他啃了五分之一的人面魚，可見還喜歡著他啊。

「他還戴著李玫妮給他的手錶，還是惦記著。」宋妍雪婉轉的爲同學說話。

「其實他一直都很誠懇，誠懇的照顧黃芳儀、也誠心的對李玫妮道歉，這都沒有假，只是……」童胤恒想著在嵐潭邊的一切，「感情沒有我們想的深刻而已。」

「就最愛自己吧！」汪聿芃笑了笑，「所以分手也都很乾脆，這也沒什麼不好啦！」

宋妍雪尷尬的笑著，是啊，那天晚上他也是沒什麼鋪陳，直接就跟李玫妮分了手。

童胤恒若有所思，他其實覺得最厲害的，是他那天戴著李玫妮送他的錶去保護區，這沒有對錯，只是他曾想黃芳儀會這麼激烈，是不是潛在原因是因爲喜歡鄭鑫柏？

面對感情人都會失控，也會想佔有，所以衍生出後面的事情。而兩個女孩這樣喜歡著的男孩，在男孩心中的份量其實也沒多重……只是讓人有些感嘆。

「你們以後會常聯絡嗎？」康晉翊好奇的問著宋妍雪。

「喔，不會。」宋妍雪回答得極為乾脆，「我們討論過了，這餐吃完後也就分道揚鑣，沒什麼事不必聯繫。」

「咦？」童胤恒無法理解，「為什麼？好不容易才……」

雖然七人眾，現在剩下三個人了，有一個只怕以後也無法交集了。

「我們的友誼，在八年前就已經結束了。」她笑得釋然，「不必強求。」

八年前那個下午遊樂、傍晚瘋狂、夜晚決裂的夜晚，就已經決定了這段友誼的走向。

只是拖到了八年後，才由失蹤的那位親自畫下了句點。

尾聲

女孩換上輕便的衣服，找著髮帶束起自己頭髮，手機訊息傳來，對方已經快到了。

喔喔，她趕緊對著鏡子綁頭髮，今天是鍛練日，他們決定先去跑十圈熱身，再去教室會合！

鏡子裡倒映著小小的魚缸，裡頭悠游著一條藍紫色的人面魚。

她自鏡裡望著魚，歪著頭笑，「你怎麼還沒爛啊？」

笑著聳肩，轉身抽過背包，把不必要的東西都給拿出來。

人面魚停在水中沒動，魚身上的臉彷彿正望著她。

『我知道是妳。』人面魚突然用機械式的語調開口。

喝！她收拾背包的動作停了，僵硬的看向了魚缸。

『妳是故意鬆開手的！』人面魚身上的臉無起伏的說著，**『我知道是妳故意鬆開手的！』**

汪聿芃緩緩直起身子，面無表情的望著人面魚。

「你真的應該要爛了吧？全世界就剩你還沒爛，太奇怪了。」她喃喃說著，外頭突然傳來敲門聲！

砰砰！

「汪聿芃！」童胤恒的聲音在外面響起，「好了沒？」

她緊張的看向門，再看向魚缸。

『妳是故意鬆開手的！』

汪聿芃略握緊了拳頭，大聲回應，「好了！等我一下！」

抓過包包，魚缸裡的人面魚開始激烈的來回游動，**『我知道是妳！是妳！』**

汪聿芃緊張的看著門外，童胤恒會不會聽到了什麼？她唰地一聲拉開門，門外站著完全沒事兒的童胤恒。

她反手急著要把門給關上之際，童胤恒突然臉色丕變，啪地擋住了門。

「咦？」她感受到門被反推開。

「汪、聿、芃！」童胤恒不可思議走進去，「妳有沒有搞錯，這樣還留著？」

她倉皇的回身，看見的是一片藍紫糜爛狀的魚缸，人面魚總算化掉了。

「我剛開門時牠還好好的耶！」她皺著眉湊近，不禁皺了鼻子，「哎唷，好臭喔！」

「剛爛嗎？快點處理掉，不然我聽說味道可以撐一星期，而且已經證實有毒了！」童胤恒擱下東西，挽起袖子，「我來用，倒進馬桶裡。」

「好！」汪聿芃趕緊推開廁所門，打開氣窗，轉身蓄水，等等繼續沖馬桶。

看著童胤恒把魚缸裡的糜爛物盡數倒進馬桶裡，臭氣沖天，他們合力再度沖水、清潔浴室，再拿蓮蓬頭沖洗魚缸。

「今天學長姊一定會要聽人面魚的事。」他扭扭頸子。

「對啊，我們還沒放上網頁。」汪聿芃仔細的沖洗著，要把殘餘的全數沖淨。

「以後不要跟風養這種東西，瞬間化開根本不正常。」童胤恒擰著眉雙手扠腰，「這活像養一個都市傳說在家裡。」

「還好啦，都化開了啊！」她聳了聳肩，「就一條魚而已。」

望著隨水流掉的紫色殘渣，汪聿芃淺淺笑著，除了說話外，也不能怎麼樣了！

『是妳，是妳故意鬆開手的，是妳！』

後記

如果有那麼一條人面魚，牠身上的人臉是你逝去、且親密的親人臉龐，你會不會買下牠？

如果別人也想要買下牠，你會讓對方買走嗎？

這次終於又寫了我們本土的都市傳說了，不過人面魚的都市傳說其實非常的短，而且眞實性非常有待考證，照片倒是存在，但正因爲這個傳說沒有其他背景，反而可以讓我自由發揮。

當年聽說人面魚事件一度造成人人聞魚色變，大家都不敢吃魚！那我就讓牠們變得色彩豐富，成爲寵兒。

當年也就那麼一條人面魚！那麼捲土重來的人面魚可以說是滿坑滿谷，整條河川都是，保證撈不完！

這次的故事裡穿插了許多條線，反正別忘了我們的主角就是人面魚本尊，不管牠們以什麼形式存在，再現於世總要有點作爲，才不負都市傳說之名嘛！

之前我曾在粉專上問過大家一個情境題：你有一票好朋友，至少五人以上，

大家總是在一起，感情很好。某天在你沒有參與的情況下，其他人跑來跟你說，他們集體跟團體中的某人斷交了。接著要你做出選擇，選邊站，選了某人便是與他們斷交，或是跟他們同邊，你會怎麼做？

有人回應得極好，這件事取決在於「年紀」。

國、高中的同儕時期，鬧這種事眞的很難中立，反正你一定得選一方，沒選擇的那方就是斷交，而且很扯的都不需要理由，你就算想瞭解其他人究竟發生什麼事也無濟於事，誰叫那是個一點兒芝麻蒜皮大的事，都宛若滅門之仇的年紀。

長大後，處理方式就會不同了，多數人會先瞭解，再者選擇中立，但這種中立，會是一種微妙的平衡。

必須說，不管站得多中間，這段友誼已經變質了。

想想宋妍雪這一票七個人，之前大家感情多好，形影不離，也是一夕生變！如果你在其中，該怎麼中立？

一般就是誰也不靠，跟兩邊都是朋友，但他們兩方是敵人罷了。這種事說起來簡單，但其實你會明白這不再是當初的七人眾、你跟兩邊的交往也會如履薄冰，不能扯到雙方，想再回到過去也不可能。

久而久之，這兩邊的友情都會淡掉，或維持一種君子之交。

那萬一如果，沒有後悔探究的機會呢？有那麼一次口角、一次選擇、卻沒有後悔的機會，連想搞清楚到底兩方爲什麼吵架都無法，就有人死去，這份遺憾就會永遠梗在心中。

人生從小到大，會在不同階段交不同的朋友，情感也會不同，這樣的選擇看起來很幼稚，但其實就算長大後也會面臨類似的情況，只是在於大家長大後擅於僞裝與包裝罷了，不談決裂，但是會有其他的迂迴方式，或是因爲時間與環境的不同，讓曾經無話不談的好友距離拉遠，甚至成了話不投機半句多。

這就是另一種選擇，隨著人生的成長，這種過濾總是會一再的自然發生，妥善處理關係才是明智的，最重要是不要讓自己感到後悔，問心無愧我覺得就足夠了。

至於人面魚們，超明顯就是跟環保有關啦，我也承認我看了Aquaman（水行俠）超有感，不是男主角肌肉多大、個性多中二，或是梅拉有多正，我從頭到尾最最最深刻的一幕，便是巨浪把垃圾從海中盡數捲回陸地。

這招好炫，想想我如果是亞特蘭提斯的人民，我應該早不爽了，一定也會把海底垃圾全部還給人類啊！哪有讓你們說丟就丟的道理！

但……我們家人面魚能力有限，說眞的，一條魚能做的事太少了，只好讓大家去淨灘了！

另外，故事裡提到還戒指的那個傳說，是我很小很小時看到的，說眞的印象

比人面魚來得深刻太多！

想想丟進大海裡的戒指，立下誓言，結果在多年後居然能透過魚把戒指還給女主人，我還記得那本書旁邊有插畫，魚肚裡畫著一枚鮮豔的紅寶石，那時想像都會覺得頭皮發麻。

還眞的不能亂發誓，總是冥冥之中自有定數。

不過也是因爲當時年紀小，這次我在寫時就赫然發現一點——啊以前的人煮魚不清內臟的嗎？戒指怎麼可能輪得到給女主人發現啦！我是廚師早就污走了是不是！

所以我們家的戒指只好鑲在魚身裡，更詭異了些。

我知道才剛有相關電影上映，但我相信這是截然不同的故事，我當然也沒膽子去看，我只想寫屬於我的人面魚，單純的、一切都圍繞在人面魚身上的故事。

回到一開始的問題：今天如果有那麼一條人面魚，牠身上的人臉是你逝去且親密的親人臉龐，你會不會買下牠？

二〇一八年感謝大家，讓我能進博客來年度十大作家，二〇一八書市的確再度下滑，但是因爲大家的支持，讓我能繼續站在這裡，也讓我能繼續寫下去。

所以再次誠摯感謝購買此書的您，購書是對作者最直接的支持，謝謝！

笭菁

境外之城 087

都市傳說 第二部8：人面魚

作　　者／笭菁
企畫選書人／張世國
責 任 編 輯／張世國

發　行　人／何飛鵬
副 總 編 輯／王雪莉
業 務 經 理／李振東
業 務 主 任／范光杰
資深行銷企劃／周丹蘋
資深版權專員／許儀盈
版權行政暨數位業務專員／陳玉鈴
法 律 顧 問／元禾法律事務所　王子文律師
出版／奇幻基地出版
城邦文化事業股份有限公司
台北市 104 民生東路二段 141 號 8 樓
電話：(02)25007008　傳眞：(02)25027676
網址：www.ffoundation.com.tw
e-mail：ffoundation@cite.com.tw
發行／英屬蓋曼群島商家庭傳媒股份有限公司城邦分公司
台北市 104 民生東路二段 141 號11 樓
書虫客服服務專線：(02)25007718・(02)25007719
24 小時傳眞服務：(02)25170999・(02)25001991
服務時間：週一至週五09:30-12:00・13:30-17:00
郵撥帳號：19863813　戶名：書虫股份有限公司
讀者服務信箱 E-mail：service@readingclub.com.tw
歡迎光臨城邦讀書花園 網址：www.cite.com.tw
香港發行所／城邦（香港）出版集團有限公司
香港灣仔駱克道 193 號東超商業中心 1 樓
電話：(852) 2508-6231 傳眞：(852) 2578-9337
馬新發行所／城邦（馬新）出版集團
【Cite(M)Sdn. Bhd.(458372U)】
11, Jalan 30D/146, Desa Tasik,
Sungai Besi, 57000 Kuala Lumpur, Malaysia.
電話：(603) 90578822　傳眞：(603) 90576622

封面內頁插畫／豆花
封面設計／邱宇陞視覺工作室
排　　版／極翔企業有限公司
印　　刷／高典印刷有限公司
■2019 年（民 108）1月28日初版一刷
■2024 年（民 113）2月7日初版11刷
售價／300元

國家圖書館出版品預行編目資料

都市傳說 第二部8：人面魚／笭菁著.--台北市：奇幻基地出版；家庭傳媒城邦分公司發行；2019.01（民108.01）
面：公分.--（境外之城：87）
ISBN 978-986-96833-6-4（平裝）

857.7　　108000111

ISBN　978-986-96833-6-4

Printed in Taiwan.

※ 本故事內容純屬虛構，如有雷同，純屬巧合。

廣　告　回　函
北區郵政管理登記證
台北廣字第000791號
郵資已付，免貼郵票

104台北市民生東路二段141號11樓

英屬蓋曼群島商家庭傳媒股份有限公司城邦分公司 收

請沿虛線對摺，謝謝

每個人都有一本奇幻文學的啓蒙書

奇幻基地官網：http://www.ffoundation.com.tw
奇幻基地粉絲團：http://www.facebook.com/ffoundation

書號：**1HO087**　　書名：都市傳說　第二部8：人面魚

請於此處用膠水黏貼

讀者回函卡

謝謝您購買我們出版的書籍！請費心填寫此回函卡，我們將不定期寄上城邦集團最新的出版訊息。

姓名：______________________ 性別：□男 □女

生日：西元__________年__________月__________日

地址：______________________

聯絡電話：______________________傳真：______________________

E-mail ：______________________

學歷：□1.小學 □2.國中 □3.高中 □4.大專 □5.研究所以上

職業：□1.學生 □2.軍公教 □3.服務 □4.金融 □5.製造 □6.資訊

□7.傳播 □8.自由業 □9.農漁牧 □10.家管 □11.退休

□12.其他______________________

您從何種方式得知本書消息？

□1.書店 □2.網路 □3.報紙 □4.雜誌 □5.廣播 □6.電視

□7.親友推薦 □8.其他______________________

您通常以何種方式購書？

□1.書店 □2.網路 □3.傳真訂購 □4.郵局劃撥 □5.其他

您購買本書的原因是（單選）

□1.封面吸引人 □2.內容豐富 □3.價格合理

您喜歡以下哪一種類型的書籍？（可複選）

□1.科幻 □2.魔法奇幻 □3.恐怖 □4.偵探推理

□5.實用類型工具書籍

為提供訂購、行銷、客戶管理或其他合於營業登記項目或章程所定業務之目的，英屬蓋曼群島商家庭傳媒（股）公司城邦分公司，於本集團之營運期間及地區內，將以電郵、傳真、電話、簡訊、郵寄或其他公告方式利用您提供之資料（資料類別：C001、C002、C003、C011等）。利用對象除本集團外，亦可能包括相關服務的協力機構。如您有依個資法第三條或其他需服務之處，得致電本公司客服中心電話 (02)25007718請求協助。相關資料如為非必要項目，不提供亦不影響您的權益。

1. C001辨識個人者：如消費者之姓名、地址、電話、電子郵件等資訊。
2. C002辨識財務者：如信用卡或轉帳帳戶資訊。
3. C003政府資料中之辨識者：如身分證字號或護照號碼（外國人）。
4. C011個人描述：如性別、國籍、出生年月日。

對我們的建議：______________________

請於此處用膠水黏貼